畢業前夕的戀愛不等式

拜託了！數學先生3

お任せ！数学屋さん3

Shogo Mukai
向井湘吾
張鈞堯／譯

目次

解答〇：忘不了的「那時候」 5
問題一：試顛覆比賽結果 9
解答一：水火不容的兩人討論夢想 55
問題二：試成為好友的支柱 73
解答二：符合計算的吵架結果 119
問題三：試找出宙的謊言 145
解答三：「神之內同學」成為「宙」的日子 201
問題四：試測量生命的價值 221
解答四：只要一天就好 267
問題五：試以數學拯救世界 277

解答〇

忘不了的「那時候」

「宙，原來你在這裡。」

明日菜朝著陰暗的操場說。直到剛才都在夜空綻放光輝的滿月，躲到古靈精怪的雲層後方。從雲隙間稍微探頭的繁星閃閃爍爍，令人難以心安。

黑暗之中，宙背著這裡弓著身體。他只在瞬間轉頭，然後再度面向地面。

喀哩喀哩喀哩。

宙手上拿的大概是木棒。看起來像是正在地面寫字，但是無論如何，現在燈已經全關了，輪廓像是溶入黑暗般模糊不清，所以明日菜走到操場外緣。

她定睛注視寫在宙腳邊的算式。

$A_1 + A_2 + A_3 + A_4 + A_5 + A_6 + A_7 + A_8 + A_9 + A_{10} + A_{11} + A_{12} + A_{13} + A_{14} + A_{15} + A_{16}$
$+ A_{17} + A_{18} + A_{19} + A_{20} + A_{21} + A_{22} + A_{23} + A_{24} + A_{25} + A_{26} + A_{27} + A_{28} + A_{29} + A_{30} +$
$A_{31} + A_{32} + A_{33} + A_{34} + A_{35} +$

「這是什麼？」

看著像是念珠連成一長串的算式，明日菜感到納悶。

「平常不是都會寫成『$A_1 + A_2 + A_3 + \cdots\cdots$』省略後面嗎？為什麼今天寫這麼長？」

「嗯……為什麼呢？」

宙停手稍微思考。即使在黑暗中，也看得出他的側臉露出疲態。

「我想，這肯定是我不想解完的問題。」

宙置身事外般這麼說。剛好在這個時候，雲在晚風吹拂下飄動，月亮在上空露臉。明明只是稍微變亮，但因為眼睛剛才完全習慣黑暗，所以瞬間感到彷彿覆蓋地表的遮光布從邊角逐漸剝除。

明日菜眺望寬敞的操場，嚇了一跳。

放眼望去，視野盡是宙寫下的算式。為數驚人的數字、符號與英文字母縱橫無盡地馳騁，大約占了半個操場大。

簡直像是納斯卡的地面圖形。

或者是黑魔法之類的儀式場所。

而且，宙仍未停手，繼續在操場一角加寫算式。他目不轉睛看著地面開口。

「很晚了，妳還是回家吧。」

「沒關係，我要在這裡看。」

明日菜坐在操場與水泥地的交界。隔著制服裙子傳來冰涼的感覺。這股涼意現在惹人疼惜。不會從體內消失的這股熱度——三十六度出頭的體溫，她想要盡量冷卻下來。

明日菜坐好之後，宙再度埋首於書寫算式的程序。不知道何時才會終結的長串英文字母，逐漸削減操場的空白部分。

喀哩喀哩喀哩，刨挖地面的聲音就這樣持續好一陣子……等月亮再度躲到雲後，宙忽然停下手。

「難怪，總覺得老是寫歪……」

他用手上的木棒將眼鏡向上推正。

「原來這副眼鏡根本就不是我的。」

問題一

試顛覆比賽結果

「七！」

「八！」

「啊，那個……我猜九。」

三個女生相互湊近額頭，各自喊出數字。個子最高的女生滾動手中的兩顆骰子。在另外兩人屏息注視之下，骰子最後脫手而出。

三人圍繞的桌子上，兩顆立方體正發出清脆聲響。互撞一次停止之後，黑色星點低調排列在雪白的桌上。同樣身穿夏季制服的三個女生一起探出上半身。

五與四。

「加起來是九。啊，我猜中了！」

個子最小的女生露出向日葵般的燦爛笑容。馬尾與兩頰的酒窩惹人憐愛。高個子女生也和她一起展露笑靨。高個子女生愉快開口。

「那麼，數字差最多的是遙。」

「嗚……」

第三位是亮麗秀髮及肩的女生——天野遙，正不滿地鼓起臉頰。但賭輸就沒辦法了。她拿起錢包，獨自從椅子起身。順便放眼望向周圍……大概因為今天開始放暑假，每張桌子都是國高中生在嬉鬧。看來各處都沒人注意遙她們的舉動。遙輕輕嘆口氣。

這裡不是賭場，是普通的速食店。賭輸的人不只是身上的錢會被收光，還會欠下一屁股債，被迫踏上暗無天日的人生……這種賭場常見的光景並不存在。

不過……

「麻煩香草口味！」

「我要草莓的。」

敗者注定負責跑腿，沒有通融的空間。

「好的、好的。」

遙隨口回應，前往收銀檯。目的是要向只有笑容免費提供的女店員點收費的餐點。

「我要兩根香草霜淇淋、一根草莓霜淇淋。」

遙在櫃檯拿出零錢點餐。雖說一根一百圓，但是繼上週的二連敗，荷包可說元氣大傷。

「擲出七的機率明明最高才對啊……」

等待霜淇淋完成的時候，遙無法接受結果而賭氣。

擲兩顆骰子出七點的組合共六種。

（1，6）、（2，5）、（3，4）、（4，3）、（5，2）、（6，1）

順帶一提，兩顆骰子出八點的組合共五種，九點的組合共四種。在各種點數的組合之中，出七點的六種是最多的，所以遙選擇勝率最高的數字。

然而實際進行的時候總是不如意。

說起來，遙原本是來速食店念書的。直到三分鐘前，她和壘球社的兩個朋友都還打開著課本與筆記本。表情比店內任何人都正經，各自以自己的方式解題，哪裡不懂就互教。即使如此，卻還是踏上歧途，開始賭博。

整個過程和上週扔銅板猜正反的時候一模一樣。葵說「我想吃霜淇淋」，真希接著說「既然這樣就來賭一場，輸的人請客」，最後遙說「就知道妳們會這麼說，所以我今天帶了骰子過來」。換句話說，是自作自受。

真不應該做自己不習慣的事。

直到國中二年級為止，遙的數學都很差。一年前順其自然接下「數學屋」店長一職之後，她拚命讀書，終於比以前進步一點……雖然這麼說，但還是經常失敗。好丟臉。其中尤其是「機率」這部分是最近才開始鑽研，看來還要更加努力才能克服。

在這種時候會想要求助。

想要倚賴傳授數學魅力給遙的那名少年。

但是基於某些原因，現在連向他求助都做不到。

真是的。那個傢伙到底在做什麼……

遙暗自嘟嚷。

「謝謝惠顧！」

隨著不知道有沒有誠意的這聲道謝，店員小姐遞出三根霜淇淋。明明只有兩隻手，卻買了三根，或許不是聰明的選擇。但遙可不想只有自己忍著不吃，所以買三根果然是正確的。

遙俐落以手指夾住甜筒，小心翼翼回到座位。

「來，真希的是香草嗎？」

「謝啦！」

高個子女生真希開心地拿起霜淇淋。很適合短髮的真希是壘球社隊長，也是眾人仰慕的「帥氣女生」。道謝的方式帶點爽朗氣息。

接著遙將霜淇淋遞給另一個女生。

「葵，妳的是草莓吧？」

「謝謝。」

馬尾女孩葵掛著莫名內疚的表情。圓圓的眼睛與小小的身軀，隱約散發像是松鼠的氣息，令人忍不住想摸摸她。葵以小小的雙手輕輕接過霜淇淋。

跑完腿的遙也坐回自己椅子。三人一起吃起霜淇淋。冰涼與甘甜同時到來，沿著舌頭與喉嚨緩緩擴散。直到剛才都使用過度的大腦緩緩冷卻，像是逐漸注入新的能量。

壘球社的好友三人組，即使臉頰幸福到放鬆也不以為意，全心享受霜淇淋。

「在冷氣超強的店裡吃霜淇淋果然最棒了。」

真希咬下甜筒發出酥脆的聲音。她說的這段話聽起來挺奇怪的，不過像這樣實際吃過就不得不同意。冷氣從體外冷卻、霜淇淋從體內冷卻，這麼一來，盛夏的炎熱也沒什麼好怕的。

窗外，暴力的陽光從正上方照射，強烈到像是要燒焦樹木、住家與柏油路面。來到這裡的途中，也看見晒成乾屍的蚯蚓與青蛙各一。遙深深慶幸自己生為人類。

如果不是由我請客，應該會覺得更好吃吧。

遙感受著這股不捨，將剩下的甜筒扔進嘴裡。幾乎在同一時間，先吃完的葵開口了。

「美國會熱嗎？」

葵問得過於唐突，遙頓時無法回應，甜筒碎片沒能完全吞下去，稍微咳了幾下。真希掛著傻眼的笑容代為回答。

「天曉得。不過應該要看地點吧？畢竟美國好像也有沙漠地區。」

「沙漠啊……應該熱到完全不能住人吧。」

「當然很熱吧。不過肯定也可以住人喔。例如拉斯維加斯，聽說就在沙漠中央。」

「咦？那我去不了拉斯維加斯了。」

真希與葵聊著這種話題，一起笑了。

拉斯維加斯嗎……

我如果去那裡，應該會輸到身無分文吧。

想像自己每賭必輸，堆積如山的籌碼被沒收的樣子，遙不禁板起臉。坐在旁邊的真希似乎將這張表情解釋為另一個意思，笑嘻嘻拍打她的肩膀。

「啊啊，我都忘了。妳在意的不是拉斯維加斯，是波士頓吧？」

「呃，啊？」

這波攻勢像是從背後放的冷箭般出乎意料。遙想否定卻沒好好說出口。店內明明很涼，臉卻差點沸騰。真希像是不放過這個機會般乘勝追擊。

「因為是超遠距離戀愛啊！很難受對吧？」

「妳很煩耶。好了！真希、葵，繼續念書吧。」

「老是這樣立刻岔開話題。所以呢？最近怎麼樣？」

真希死纏著遙逼問。這女生一旦萌生興趣就不太會收手。遙看向葵想求救，但葵看起來不肯站在她這邊，表情反倒像是覬覦晚餐剩飯的幼犬，看起來和真希一樣想問個究竟。

說真的，來這裡應該是要念書才對啊……

「沒有怎麼樣。最近這兩週，那傢伙都沒和我聯絡。」

「咦？沒聯絡？」

「怎麼回事？」

真希與葵紛紛發問。驚訝的語氣即使在店內慵懶的喧囂中也清晰浮現。

「也就是音訊全無。我寄電子郵件都沒回，Skype也接不通。」

「不過以那個人的個性，應該只是沒在用電腦吧？」

真希雙手抱胸問。這個論點很中肯。畢竟那傢伙有著相當沒神經的一面，身上也沒手機，說起來甚至可能沒察覺遙正在試圖聯絡他。

是的，雖然很中肯……

「或許是這樣啦，不過……」

遙只能結巴回應。

因為至今沒發生過這種事。

日本與美國。自從那傢伙轉學，開始隔著太平洋互通訊息至今，即使斷絕聯絡，頂多也只有一星期那麼久。以往明明即使有半天以上的時差，也會在清晨或深夜勉強配合彼此時間，一起閒聊或討論數學。

然而這次長達兩週——正確來說是長達十四天又五小時三十分，連一封電子郵件都沒寄來。

說真的，那傢伙到底在做什麼？

「唉……」

遙嘆了口氣，像是要宣洩胸口累積的各種情感。

她最討厭的是為了這種事情不安的自己。

「我這樣會讓他覺得有壓力嗎……」

「我覺得不會喔。」

葵以天使般的溫柔聲音說。

「即使時間不長，男友斷絕音訊當然會不安啊。如果是平常見不到面的遠距離戀愛，那就更不用說。」

遙聽完頓悟了。真希似乎也察覺了，一臉嚴肅點頭回應。

剛才葵肯定也是說她自己吧。

葵的男友是高中一年級。雖說就讀的高中在平塚市，搭電車五分鐘就到，不過國中與高中的時間好像很難湊得起來。比起就讀同一所國中的那時候，見面的頻率肯定大大減少。

這孩子也吃了不少苦頭吧。

身邊有人抱持類似的煩惱，就像是吃了一顆定心丸。

「可惡。居然害我的遙傷心難過，如果他在附近，我就可以好好訓他一頓了。」

真希噘起美麗的嘴唇。遙很想吐槽「我的遙」這三個字，但這樣會離題所以作罷。因為比起這一點，還有另一件更應該確認的事。

「算是男友嗎……」

遙輕聲這麼說完……真希睜大雙眼探出上半身。

「是男友吧？不是男友是什麼？」

「不，這我不清楚。畢竟他從來沒有好好說過『我們交往吧』這種話。」

「咦？遙原來會堅持這種小細節啊。」

「不，真希，我認為這是很重要的事喔。」

真希無法接受，葵在一旁插嘴說。

「戀人與朋友的界線因人而異。如果沒說『我們交往吧』，我覺得就不能好好劃清界線。」

聽到葵這麼說，遙頻頻點頭。

「這樣啊？聽妳這麼一說，確實也是吧。」

真希雙手枕到頭後，靠在椅子上。椅背發出細微的摩擦聲。看起來像是已經接受，也像是沒接受。就是這樣的反應。

真希肯定是因為個性過於不拘小節，在戀愛這方面即使還在模糊階段也會接受吧。她不太需要明確又受限的界線。

反觀遙，並沒真希那麼大膽。不喜歡模棱兩可，想要某些彷彿碰觸得到的真實事物。正因如此，「戀愛」這種模糊的情感，獨自面對的話，對遙來說負擔太重。

回想起來，去年夏天也是。

當時遙是「數學屋」的店員，面對戀愛問題陷入苦戰。和那個傢伙一起對抗這個模糊不清的東西。

好懷念。

在那之後已經過了一年。

「啊！感覺不想用功了。」

真希就這麼坐在椅子上用力伸懶腰，接著拿出手機檢視畫面。

「雖然有點早，不過，先去社團活動吧。」

聽她這麼說，遙也看向自己的手機。時間是下午兩點。社團活動從下午三點開始，現在這時間確實該準備去學校了。

「說得也是。」

葵回答之後迅速收拾課本與筆記本。真希抓起集中在一角的紙杯與托盤起身。

突然從「戀愛話題」這種華美世界回歸現實。

遙覺得挺奇妙的，聳了聳肩。

「呀呼！木下老師。」

前往教職員室想領取社辦鑰匙的時候，真希朝著靠在椅背的高大男性揮手。拿著扇子朝端正臉孔搧風，以認真眼神閱讀資料的英語老師，察覺了她們三人。

「啊啊，是妳們啊。」

木下老師說完瞥向手錶。

「什麼嘛，今天有點早來喔。」

「是的，因為我們幹勁十足。」

真希將社辦鑰匙掛在手指轉動。木下老師佩服般「喔……」了一聲，眼神發出惡作劇的光芒。

「這樣啊。那麼今天的練習會好好鞭策妳們。」

「老師，要操練請針對真希就好。」

遙以插嘴的形式如此叮嚀。總之，因為比賽將近，所以木下老師也不會安排太嚴苛的課程吧。這位二十多歲（也可以說將近三十歲）的英語老師，從遙她們入學當初就是壘球社顧問，去年也是遙與真希的班導。最近會以朋友的感覺互開玩笑。葵大概也明白這一點，就只是在一旁笑咪咪的。

「啊啊，對了。天野，方便過來一下嗎？」

三人要離開教職員室時，遙被木下老師叫住。遙以為會挨罵，瞬間搜索自己的記憶，但是心裡沒有底。說起來，木下老師怎麼看都很愉快，不像是要對她說教的樣子。

「妳們先走。」

遙向真希與葵說完，獨自留在教職員室。聽不到兩人的說話聲之後，遙重新面向木下老師。

「所以老師，請問有什麼事？」

「沒有啦，關於妳的成績，我聽到一些風聲。」

啊啊，那件事嗎？

聽到這句話，遙立刻理解了。那件事連她自己都嚇了一跳，當過班導的木下老師想必大吃一驚吧。

明明已經知道是什麼話題，木下老師卻像是賣關子般停頓片刻，然後壓響椅背，開口這麼說。

「妳的數學成績真是了不起。想到以前的妳，我甚至想質疑是不是哪裡搞錯了。」

「咦。好過分！」

遙鼓起單邊臉頰。木下老師出聲笑了。

「別鬧彆扭，我是在稱讚妳。」

實際上，老師的聲音聽起來很愉快。光是這樣就感覺到老師與有榮焉般高興。

遙為了隱藏害羞情緒，繼續掛著不滿的表情。

進行結業典禮的昨天，教室裡發放第一學期的成績單。遙戰戰兢兢，懷抱著像是處理爆裂物的心情打開一看……差點擺出握拳振臂的姿勢。

「數學」旁邊是「４」這個數字。

即使左右傾斜、上下顛倒，甚至反過來透光看，該處都寫著「４」。遙到了國中三年級，第一次在數學拿到「４」的評價。

或許有人覺得拿到「4」做出這種反應太誇張了。不過遙一年級的時候，連續三個學期都是「2」。終於發現數學樂趣的二年級也才只拿到「3」。

這樣的自己居然拿得到「4」，遙在一年級的時候做夢都沒想到。不，正確來說，只在夢中拿過。

拿給媽媽看的時候，就這麼當場舉手高呼萬歲。那天的晚餐是最近幾年最豪華的一頓。

「了不起。」

「可是，這不是我的實力。」

對於頻頻稱讚的老師，遙如此回答。她由衷這麼認為。得到的「4」之中，自己的實力果然只占「2」左右吧。剩下的「2」是多虧同伴的扶持。

「或許吧。不過即使受過某人的影響，改變的也無疑是妳自己。」

大概是理解遙的意思，木下老師和藹一笑。

「國中時期的孩子，會因為一點點的契機，就大幅改變到出乎意料的程度。即使將妳的成長說給別人聽，死腦筋的大人應該不肯相信吧。」

「老師，您太誇張了啦。」

「哪會誇張，這不是輕易做得到的事。一般要是在國一拿到『2』，就會覺得『自己不擅長數學』而放棄。」

被稱讚過頭，差不多開始難為情了。遙視線悄悄游移，木下老師說的話語，只在遙的腦海迴盪一次。

死腦筋的大人應該不肯相信吧。
遙覺得或許沒錯。
人們確實不會相信自己沒看過或經驗過的事物。
遙原本也是如此。
——將來的夢想是以數學拯救世界。
轉學進來的第一天就如此宣布的那傢伙，遙一開始覺得他只是個怪胎。
目睹數學的深奧之後，遙首度願意相信那傢伙說的話。
「真是的。只要和你們在一起，我也不會無聊。」
木下老師優雅揮動扇子，眼睛隱含壞心眼的光芒。
「天野，記得妳也曾經蹺課出遠門跑去成田。妳打電話說『回程的車錢沒了』，我特地去機場接妳……」
「老師，這件事別再說了啦！」
遙臉蛋漲紅，大聲打斷話語。這是一年前——那傢伙轉學時，遙去追他的往事。明明上演那麼戲劇性的揮淚離別，數個月後卻成為以Skype或電子郵件相互聯絡的交情。因為很丟臉，遙想從記憶抹除那一天的事，但是至今也偶爾成為話題，所以很難處理。
真是的，稍微大意就立刻變成這樣。遙這次真的將不滿寫在臉上。
「木下老師，方便借點時間嗎？」
「什麼事？」

忽然間，像是要介入兩人的對話，教職員室入口傳來呼叫木下老師的聲音。仔細一看，一位年長的女老師朝這裡招手，旁邊是一名和遙差不多年紀的便服女生。

看她沒穿制服，應該不是東大磯中學的學生。是木下老師的客人吧。

老師心裡似乎沒有底，疑惑地蹙眉起身。遙內心暗自想道，看來最好別礙事。

「那麼，老師，晚點社團活動的時候見。」

「嗯。」

遙稍微鞠躬之後，快步走向門口，打算從便服女生旁邊經過。

就在這個時候。

「天野……？」

女生的呢喃輕盈傳到遙耳中。心臟用力跳了一下。移動視線看去，這名便服女生確實朝著遙笑。

這個女生將剪短的鮑伯頭染成偏亮的褐色。下襬往內收的上衣加上窄管丹寧褲。掛在脖子的項鍊閃閃發亮。

令人印象最深的是那張奇妙的笑容。雖然在笑，卻看不出情感。不知道是喜悅、快樂還是嘲笑。沒傳達任何情感的傻笑。

「妳就是天野遙？」

遙還沒開口，她就先主動詢問。遙嚇了一跳，迅速在腦中搜尋。

……然而，她不記得自己認識這麼花枝招展的別校學生。

「是的，我確實是天野……」

「這樣啊。」

這名女生深感興趣般頻頻觀察遙的臉。遙身後的木下老師無法理解狀況而為難。不對，遙也一樣無法理解狀況。

這個人是怎樣……

「妳是『數學屋』的店長吧？」

「咦？」

遙吃驚捂嘴。陌生的別校女生知道數學屋的事？

遙擔任店長——正確來說是擔任「代理店長」的數學屋。以數學的力量解決學生的煩惱，是只存在於東大磯中學的店。

數學屋確實曾經占據文化祭的舞台引發一陣騷動……但是很難想像光是這樣，就使得遙的長相與名字都翻山越野廣為人知。

「妳怎麼知道這個？難道我們在哪裡見過嗎？」

「妳說呢？」

褐髮女生以輕飄飄的語氣說。完全猜不透她到底在想什麼。

「不說這個了，妳是壘球社的人吧？我記得比賽快到了？」

話題跳太快，遙好想抱頭大叫，為什麼這名褐髮女生連自己加入哪個社團都知道。想反問的事情不斷冒出來堆積如山，剛冒出來的疑惑就像是土石流逐漸失去原形，腦袋變得亂七八糟。

「是這樣沒錯，但妳到底是……」

「我的事情不重要吧？不提這個，比賽加油吧。」

看來她完全不想回答遙的疑問，再度揚起嘴角露出淺淺的笑容。

「再見，天野同學。我要回去了。」

「呃，喂，妳不是有事找我嗎？」

默默旁聽對話的木下老師慌張插話問。褐髮女生的表情像是現在才首度察覺這位高帥老師的存在。

「啊啊，事情已經辦完所以不必了。木下老師，抱歉打擾了。」

她留下這段話之後輕輕揮手，朝著訪客用鞋櫃的方向離去。在走廊轉彎的時候，她再度和遙四目相對一次。夏季陽光射入的走廊，只留下一張暗藏玄機的笑容。

木下老師眉頭深鎖。

「那孩子到底是怎樣？」

「天曉得……她說想見木下老師，我才帶她過來的。」

帶領她來到這裡的女老師也只是搖頭回應。看來這個人也不知道隱情。

「是別校壘球社成員之類嗎？可是天野，妳也不認識吧？」

「唔……我想我沒見過她……應該吧？」

遙就只是歪頭納悶。她對於記性沒有明確的自信。如果能將比賽過的學校選手全部記住，需要死背的歷史問題應該也難不倒她吧。

無論如何，她沒說自己是誰就回去了。目的與真實身分都無從確認。

內心像是籠罩一層朦朧的霧，遙懷著這股不太舒暢的心情，不經意看向時鐘。時針一分一秒接近「3」。

「啊，已經這個時間了！我得去社辦！」

遙喊完之後，連招呼都沒打就衝出教職員室。走廊沒冷氣，熱氣頓時包覆肌膚。即使如此，先發選手還是不能在比賽前的練習遲到，所以遙全力跑向社辦。

那個女生說的每句話都很奇妙，又不回應遙的疑惑，令人完全摸不著頭緒。

不過對於現在的遙來說，總之社團活動是最重要的。那名神奇少女的事，她跑著跑著就忘了。

遙加入社團至今，這是第五次以先發選手身分參加地區大賽。二年級的時候兩次，三年級之後的第二次。

不過這次的地區大賽，和至今的比賽有著完全不同的意義。要是輸了，三年級將在這個時間點確定退休。國中的壘球生活是否能延長到縣賽的那一天？這次的錦標賽必須在這種生死關頭戰鬥。

參加練習的社員眼神也很認真。不只是三年級，學妹們也一樣。多一天也好，多一小時也好，想盡量維持現在的陣容打壘球。眾人為此進行萬全的準備。

東大磯中學壘球社最後一次打進縣賽，是遙她們一年級時的夏天。當時的遙還是新手，只能旁觀學姊們大顯身手。

等遙、真希與葵她們成為球隊核心之後，就從來沒跨越地區大賽的高牆。

「這次要雪恥喔，雪恥！」

地區大賽公布分組之後，隊長真希動不動就這麼說。她不必多加說明，社員們也都知道要向誰雪恥。

八重咲中學。在去年秋天的新人賽，以一比八懸殊差距慘敗的對手。

東大磯中學位於神奈川縣的「中區」，該地區只有在淘汰賽勝出的兩所學校可以參加縣賽。看賽程表就知道，遙她們的東大磯中學打贏第一輪之後，就會在下一場的八強賽和八重咲中學激烈交鋒。

八重咲中學攻守均衡，在去年秋天與今年春天都在縣賽上場。遙她們要打進縣賽，必須在打倒八重咲中學之後再贏一場……不過所有人都認為「八重咲是難關」。只要戰勝八重咲中學，幾乎可以確定參加縣賽吧。

雪恥。

這個詞存在於全體社員的內心，宛如篝火發出耀眼的光輝。尤其是真希，她對大賽投入的強烈情感，從全身滿溢而出。

鼓舞同伴的聲音比任何人都大，留在操場鞭策自己的時間比任何人都長。提早來找木下老師開會，練習完也經常看影片看到很晚，檢視對手學校的動作。

「真希，妳什麼時候會回家？」

某次，遙半開玩笑這麼問。實際上，真希待在社辦或操場的時間最長，除了和遙她們一起用功之外，也不只一兩次看過她在圖書館伏案苦讀。

「只有睡覺的時候吧。」

真希也半開玩笑地笑著回答。其實她不只忙碌，還背負沉重的壓力，肯定連喘息的空檔都沒有……但她絕對不會說出喪氣話。

每次看見這樣的她，遙就由衷想和這個好友一起拿下勝利。

沒人受傷或明顯陷入低潮。默契也逐漸好到前所未有的程度。

經過最後幾天的調整，球隊整頓到幾乎萬全的狀態。

然後，終於來到隔週的星期一。

遙她們迎來中區大賽的第一天。

遙她們轉搭電車與公車，抵達平塚市用為比賽會場之一的某中學。雖然是上午，熱氣卻已經從地面冒出，積雨雲在藍天一角俯視眾人。明明還沒比賽，卻已經有一個五百毫升的寶特瓶見底。和自家隊員聚在一起待命的選手們，眼神悉數蘊含熊熊的鬥志。高漲的魄力和旁邊的球隊碰撞，操場周邊的氣溫似乎變得更高。

今天在這個會場，上午舉行第一輪比賽，下午舉行第二輪比賽，只有拿下兩勝的隊伍能晉級明天舉行的準決賽。

「我們練習到現在，是為了在今天得到勝利。」

開賽典禮結束，在比賽開始之前的會議上，真希朝著圍成圈圈的眾人中央這麼說。

「使出渾身解數吧。」

她用力伸出右手。不需要更多的話語或暗號。包括先發球員與候補球員，連顧問老師木下也將右手掌疊在圓圈中央。看真希肩膀的動作，就知道她深吸了一口氣。

「一定要贏！」

好！

聽到真希這聲吆喝，所有人同時回應。這已經不是各人分散的聲音，而是單一巨大生命體的咆哮。

女孩們猛然朝著本壘方向奔跑。決定三年級命運的日子開始了。

第一輪的比賽進展得無比順利。

王牌真希投得好，加上以葵為首的內野陣容也守得漂亮，兩相輝映之下，完全不給對踏上三壘的機會。零比零進入第三局，第八棒遙順利打出安打，靠著下一棒的長打奔回本壘。後來也繼續得分，結束之後是五比零。大獲全勝。

「和那天一樣呀……」

為第二輪比賽做準備，在校舍旁邊陰涼處各自休息時，遙這麼說。以毛巾擦乾汗水之後，真希以疑惑的眼神看向她。

「忘了嗎？新人賽的時候。」

「啊啊。」真希像是端詳記憶中的物品般瞇細雙眼。「記得那天也是上午大勝，下午敗給八重咲？」

「妳們兩個不要烏鴉嘴啦。」

坐在旁邊的葵露出為難表情。真希覺得有趣般笑了。

「烏鴉嘴？沒那回事吧？」

真希完全不在意過往的陰霾。看來現在的她擁有此等堅強。

「這次會贏。這是唯一的結果。」

聽完真希這段話，遙與真希同時點頭。

這次會贏。

遙在內心重複這句話，將愛用的手套抱在胸前。雖然舊了卻很順手。即使買了新手套，到頭來還是繼續使用這個手套。

這個手套裝滿了和那傢伙最初的回憶。遙朝著自己最珍惜的手套祈願。

經過中午休息時間，和八重咲中學的八強賽開始了。

到了下午，真希的狀況還是很好。兩隊在第一局沒得分，第二局也沒得分。計分板排列「0」這個數字。

如果這是數學……

三局下維持「0」之後，遙在結束守備回到休息區的時候心想。

很多零的題目會令她相當提防。因為在整數之中，零的定位有點特殊。任何數字乘以零都會是零，相對的，任何數字都不能除以零。此外還有「$n^0=1$」、「$0!=1$」……

啊啊，不可以。

遙以手心拍響自己的雙頰。

就算比賽沒有動靜，專注力也不能中斷。

去年秋天，遙她們以一比八敗給八重咲中學，但是失分原因幾乎都是守備失常。外野必須維持專注力，援護投得好的真希。

今天，我們會贏。

其他隊友肯定也是同樣的心情。接球與傳球都比以往犀利，揮棒也強而有力，那股魄力如同要甩掉包覆全身的熱氣。

然而事與願違，她們始終爭取不到多人上壘的機會。真希壓制八重咲中學打線，另一方面，東大磯中學的打者們也無法打垮敵隊投手。

「直球很順。比春天看到的那時候更快。」

遭到三振出局之後，真希在擦身而過時不甘心地咬著嘴唇。遙取代她走向打擊區。

真希說的沒錯。東大磯中學的打線被偏高的直球恣意戲弄，無效的打擊數也數不完。到第五局共打出四支一壘安打，卻沒有連續敲安。

想贏球的意念過於強烈，大家都在焦急……

明明腦袋理解這一點，但愈是在心中告誡自己別焦急，失控的心情就愈是煞不住。會對偏高的壞球揮棒。

五局上的攻擊，遙到最後也是打出三壘方向高飛球被接殺。接下來的六局上也只打出一支安打沒得分。

到了六局下。

八重咲中學的攻擊終於打破比賽的僵局。

和上一局一樣，真希輕易送一人出局。雖然對手現在是強力打線，但是眾人甚至不當成問題看待，真希的投球就是這麼令人安心。

然而，只有一球。

只有投向敵隊第四棒的這一球，被吸入正中央。

鏗！

小白球留下尖銳的聲音飛上高空。軌跡將藍天一分為二，筆直延伸到外野。

然後……

像是箭矢高速落下的球，高高越過左外野的遙頭頂，在地面大幅彈跳一次。

遙朝著雙腿使力，全力追向逃跑的球。距離遲遲無法拉近，她心急如焚。好不容易追上球撿起來之後，以祈禱般的心態轉身。

擊球的選手竟已經越過三壘……

遙使勁傳球到內野。游擊手葵接到球的時候，敵隊第四棒已經回到本壘，接受隊友的祝福。遙茫然佇立在原地。

是一支場內全壘打。

其中代表的意義，遙的大腦一時之間無法消化。

「別在意！」

我方的某人大喊。

原來如此。對方先下手為強了。

至少必須再得兩分，否則我們贏不了。

大腦終於理解這一點。由於至今維持均衡，所以突然屈居劣勢的打擊很大。

而且，看來真希也不例外。投球突然失準。

從上午連結到現在，某種像是線的東西可能斷了。全壘打之後連續三支安打，對方又奪下一分。

這樣就是兩分。在這一局變成零比二。

「別在意，別在意。」

回到休息區的時候，大家相互吆喝打氣。另一方面，遙她們知道這種話語能發揮的力量甚至不如安心咒。

兩分。

如果這邊無法拿下兩分追平，通往縣賽的路將會斷絕。

而且，現在只剩下七局上。

「好啦，轉換心情吧。」

進入七局上半要進攻之前，真希向所有隊友這麼說。自己的失投成為連續安打的導火線，還以為她心情會更消沉……不過這樣看來不必擔心。感覺這是唯一的救贖。

然而並不是所有隊員都和真希一樣堅強。

「沒問題的。只要打出三分全壘打，一棒就可以反敗為勝喔。」

真希咧嘴一笑，像是要鼓舞社員們。某人半開玩笑回應。

「說起來，明明連兩人上壘都做不到了。」

這真的只是無心之言吧。然而這句話搭配盛夏的陽光，將沉悶緊張的氣息送到休息區前方聚集的社員之間。

直到第六局，總共打出五支安打，卻總是沒有接續，不曾有兩人以上的跑者上壘。連二壘都踩不到。在這樣的狀況下相差兩分，剩下一局。

無情的現實像是牆壁出現在遙的前方。數字是殘酷的，可以無聲無息輕易摘除人們的希望。

很難反敗為勝。

這句話沒人說出口。不過正因為沒說出口，所以這個難以掩飾的事實逐漸浮現。空氣像是鉛塊般沉重。

「咦？」

就在這個時候，葵發出詫異的聲音。仔細一看，八重咲中學明明要上場守備，一壘卻依然沒人。

一壘手過了再久都沒上場。遙她們不知所措，面面相覷。

木下老師回到休息區。他剛才好像是去聽裁判說明。

「聽說一壘手傷到腳，為了治療要暫時停賽。」

木下老師板著臉說明。他是在擔心傷到腳的選手？還是對於落後兩分的現狀感到沮喪？遙不知道。

話說回來，嚴重到必須中斷比賽的傷，是在什麼時候造成的？

遙冒出疑問，卻立刻想到原因。剛才那支全壘打就是一壘手打的。肯定是跑壘的時候傷到吧。

「要受傷的話，如果是投手傷到腳該有多好。」

某人再度自言自語般輕聲說。感覺空氣的重量增加到兩倍左右。明明只是在等比賽重新開始，卻覺得自己像是即將處死的囚犯。

所有事物都引發負面的想像。不能進行悲觀的思考。必須找到反敗為勝的起點。明知如此，卻無法樂觀看待。所有人的雙腿都陷入無底沼澤。

——只要打出三分全壘打，一棒就可以反敗為勝喔。

——話雖如此，明明連兩人上壘都做不到了。

兩句話在腦中不斷打轉。樂觀的話語與悲觀的話語。這就像是硬幣的正反兩面，即使只想揮除其中一邊也無法如意。

既然這樣，要不要乾脆計算機率，確定是否真的無法上壘？與其就這麼模模糊糊煩惱猶豫，這麼做會好得多。

到第六局為止，東大磯中學二十一人次打出五支安打。所以安打率是……

想到這裡，遙微微搖頭。

不行。即使計算也沒辦法解決問題。

因為遙想知道的不是安打率，是提高安打率的方法……

「遙，妳現在想到某些事情對吧？」

突然有人搭話，遙以為心臟要跳出來了。抬頭一看，真希目不轉睛看著這裡。遙感覺內心被看透，說話變得結結巴巴。

「呃，那個……我……」

「都寫在臉上了。」

遙想否定，真希搶話這麼說，然後立刻露出牙齒笑了。和陷入危機的現狀不搭，一如往常的爽朗笑容。

「來吧。看來對方的治療還要一點時間。」

真希遞出記錄用的筆與筆記本。遙略顯猶豫接了過來。

目前再怎麼說也還在比賽，這時候解數學題沒問題嗎？現在應該有其他更該做的事吧？何況還不知道以我的能力是否算得出答案……

……不對。

現在的我，絕對算得出答案。

因為說起來，遙之所以提早學習高中課程的機率問題，就是因為對於打擊率與防禦率這種東西感興趣。

這是她一直以來思考過許多次的事情。

是她至今曾經再三成功解開的問題。

其他領域的話還很難說。

但如果是機率，而且是關於壘球的問題，遙有自信解得開。

遙攤開筆記本，其他社員也隨即聚集過來。大家應該都明白，必須在比賽中斷的這段時間，改變這股沉重的氣氛。沒人知道方法，所以抱著最後的一絲希望注視遙。

將三年級同學的希望，託付給數學屋的代理店長天野遙。

「說起來，剛才提到沒辦法讓兩人上壘對吧？我試著想過是否真的是這樣。」

遙像是細細咀嚼每字每句般這麼說。風捲起砂塵拂過臉頰。額頭滴落的汗水沾溼筆記本。但是這種事一點都不重要。

說來不好意思，遙不知道是否能改變氣氛。或許反而會因為答案而惡化。

遙不知道還有什麼方法。

不對，不該這麼說。遙只知道這個方法。

「『兩人上壘的機率』會有雙殺的問題很複雜，所以改算『同一局打出兩支以上安打的機率』。失誤或四壞球也先忽略。」

遙只說完這些，就默默開始動手。和往常一樣，不需要口頭說明過程。現在尋求的只有答案。遙在腦中開始用「數值」建構思緒，迅速寫在筆記本上。

打者21人次共5支安打，所以安打率是……$\frac{5}{21}$

出局率是……$\frac{16}{21}$

然後，若要計算某事件連續發生的機率，將各自的機率相乘即可。例如擲骰子連續兩次出「6」的機率是「$\frac{1}{6}\times\frac{1}{6}=\frac{1}{36}$」。套用在這裡的話，「安打→出局→出局→出局」的機率如下。

$$\frac{5}{21}\times\frac{16}{21}\times\frac{16}{21}\times\frac{16}{21}$$

$$=(\frac{5}{21})(\frac{16}{21})^3$$

雖然字寫歪了，但是沒有餘力在意。現在真的是和時間賽跑。必須在敵隊一壘手治療完畢之前算出答案。

至今，遙都不知道段考必須在限定時間內做答的意義何在。但是現在終於恍然大悟了。需要用到數學的場面，不一定總有充裕的時間。因為人被賦予的時間有限。

遙只敢在瞬間停手，讓頭腦全力運轉。

「安打→出局→出局→出局」的機率算出來了。不過「同一局剛好只打一支安打」的模式還有別種。

如果把○設為安打、●設為出局，就像這樣。

○●●●
●○●●
●●○●

換句話說，模式共有三種。機率相乘的話同樣是「$(\frac{5}{21})(\frac{16}{21})^3$」，所以三種模式加起來是「$3\times(\frac{5}{21})(\frac{16}{21})^3$」。

同樣的，如果考慮到沒打出安打，也就是「●●●」的狀況，就可以將所有機率加起來……！

$$3\times(\frac{5}{21})(\frac{16}{21})^3+(\frac{16}{21})^3$$

$$=\frac{3\times5\times16^3}{21^4}+\frac{16^3}{21^3}$$

$$=\frac{16384}{21609}$$

比較複雜的計算部分，交給從包包拿出來的手機計算機。

「這是『同一局頂多只打一支安打的機率』。」

遙像是自行確認般呢喃。隊友們旁觀沒插嘴。

同一局裡「剛好只打一支安打」與「連一支安打都沒有」的機率加總了。所以這是「同一局頂多只打一支安打的機率」。

接下來是重頭戲。

「我們只剩下七局上。」

將資訊、「數值」說出口，以這種方式慢慢整理。傳來某人吞嚥口水的聲音。

「要計算打出兩支以上安打的機率……只要用1減去『頂多只打一支安打的機率』就好。」

「兩人上壘的機率」不好算。必須連同對方失誤、雙殺失去跑者……這些狀況開始思考，遙實在做不來。所以在這裡思考的是「打出兩支以上安打的機率」。

也就是說，如果將「頂多只打一支安打的機率」設為「p」，就是「1－p」。

「所以，這題的答案是……」

「答案是？」

至今屏息沉默的真希催促遙說下去。遙再度動起手上的筆，以手機代替大腦，毫不停歇地持續計算。

那傢伙傳授的知識、自己習得的知識。遙動員這一切，努力編織算式尋求答案。

$$1-p$$
$$=1-\frac{16384}{21609}$$
$$=\frac{5225}{21609}\ (\fallingdotseq 24\%)$$

「大約百分之二十四……」

遙輕輕吐一口氣，然後這麼宣布。

這就是「七局上打出兩隻以上安打的機率」。即使不完全等於「兩人上壘的機率」……也大致是遙她們想知道的數值。

製造機會反敗為勝的機率，剛才有人說過「做不到」，現在，這個機率成為具體數字出現在眼前。「大約百分之二十四」。

這個數字究竟是大？還是小？

遙還沒說些什麼，真希就先開口了。語氣滿不在乎，簡直是灑脫的程度。

「百分之二十四嗎……還滿高的嘛。」

社員們的視線集中在真希身上。她完全不為所動。

「而且啊，妳們想想看。要是打出安打撼動對手，投球與守備也都可能失常。如果加上暴投或失誤，不覺得實際上機率會更高嗎？」

休息區的氣氛原本沉重如鉛。真希的聲音化為一陣風吹過，注入新的空氣。眾人的雙眼回復光芒。

「確實……」

「或許出乎意料行得通……」

「我原本以為絕望得多。」

社員們紛紛發言。聽到大家這麼說，真希再度張嘴一笑。

「沒錯沒錯，重點在於怎麼拉高這百分之二十四。」

說來神奇。真希的聲音每次響起，社員們就逐漸恢復活力。

遙終於察覺了。

百分之二十四這個數字是大是小，並不是什麼問題。需要的是契機。真希抓住了這個契機。

所以這個人才會是我們的隊長呀。

「試試看吧。大家一起前進縣賽吧！」

真希迅速伸出右手。葵最早察覺她的意圖，將自己的右手疊上去。接下來是爭先恐後的狀態。所有社員圍成一圈，和上午做的一樣，無數的手集結在中央。

一點點就好。一點點就好，希望自己的計算能幫到真希，能輕推大家一把。

遙朝著雙眼使力，將老早就要鬆弛的淚腺縮緊。

遙接下來的願望只有一個。

想贏球。只有這個願望。

木下老師的右手在最後放上來，真希以此為暗號拉開嗓門。

「我還想以這個陣容打壘球。反敗為勝吧！」

喔！

所有人的聲音迴盪在遼闊的操場。這是要讓眾人團結一致，跑在百分之二十四的康莊大道上。

不久，八重咲中學的一壘手走出休息區就守備位置。

必須追兩分的最後一局。從第四棒開始的八重咲中學打線如字面所述，進行最後的反擊。

而且所有人都從第一球就察覺異狀。

八重咲中學的投手大暴投。球輕盈越過捕手與裁判頭頂。敵我雙方都呆若木雞。投手擦汗之後露出有點僵硬的笑。這是在這場比賽的第一次暴投。原來優秀的投手也會失手啊，遙當時只是心不在焉這麼想……

然而接下來的第二球，投過來的球，被東大磯中學第四棒的球棒中心捕捉到了。差點成為全壘打的特大界外球。球被擊飛的瞬間，看得見投手的臉因為恐懼而緊繃。

比賽開始至今，從來沒看過我方打出那樣的球。某些東西和上一局之前不太一樣。肉眼看不見的某種東西……區隔東大磯中學與八重咲中學，類似牆壁的某種東西，不知何時似乎崩毀消失了。

這是一種手感。

第三球是一壘方向的強烈滾地球。一壘手撲到地面勉強接到球，導致打者出局……但如果守備位置不佳，這一球成為安打也不奇怪。

一人出局。而且隊上的所有人都同時感受到了。

對方投手的投球威力減弱。

大概因為中斷而抓不到節奏吧。或是因為休息時間不上不下，導致疲勞驟然湧現。無論如何，和第六局之前相比簡直是不同人在投球。還有可能性。機率比剛才更高。

接下來的打者是第五棒游擊手葵。平常露出可愛酒窩的她，今天也在打擊頭盔下方露出認真的目光。她空揮兩次之後進入左側打擊區。

目送壞球之後的第二球。

葵朝著一壘方向踏出右腳，順勢將投過來的直球打出去。就像是時代劇裡錯身斬殺對手的武打戲……非常漂亮的一棒。

犀利的滾地球滾向三壘手正前方。休息區發出好幾個不成聲的哀號。

然而不知道是執念轉移到小白球，或者單純是三壘手慌了。滾地球碰到手套前端，朝正上方彈起，變得像是扔沙包那樣，晚了短短零點幾秒才接到球。

這零點幾秒是決定性的時間。

和傳球賽跑的葵跑贏了。她比傳到的球更早穿越一壘。

「好！」

真希在遙的旁邊擺出振臂姿勢。在起跑的同時揮棒，這是壘球特有的打擊方式——推打。雖然捏了一把冷汗，但是成功了。

「好，跟著葵乘勝追擊吧！」

「看準看準！」

聲援源源不絕傳向打擊區。整個球隊合而為一，緊咬八重咲中學的投手不放。

這局的第三名打者走向打區。這次是第一球。

小白球隨著清脆的聲音被打回去。球巧妙被吸入右外野手與中外野手中間，輕聲落地。

休息區所有人站了起來。

右外野手慌張追球。球回傳之前，葵已經踩過三壘。

時間點是千鈞一髮。但是在千鈞一髮之際趕上了。

葵滑向本壘的同時，裁判張開雙手。

「Safe！」

「太棒了！」

休息區所有人像是已經贏球般跳起來歡呼。真希與遙狂拍葵的頭盔。制服與鼻頭被泥土弄髒的葵「嘿嘿」害羞一笑。

「個子小在這種時候占了便宜耶。因為不容易被摸到。」

真希看著葵回到休息區的背影說。不對，她不是一寸法師，應該沒差那麼多吧。

遙傻眼露出苦笑，看向計分板。

一比二。一人出局二壘有人。接下來的打者是第七棒的真希與第八棒的遙。

真希重新戴穩頭盔，在正要前往打擊區的時候停下腳步，轉過身來露出太陽般的笑容。

「葵回到本壘是對方失誤……所以我打出安打的話，就是這一局的第二支。妳沒計算打出第三支的機率嗎？」

「嗯。接下來是未知數。我覺得這樣比較好。」

「也對。」

真希簡短回應之後，再度踏出腳步。遙定睛注視她可靠的背。

無論真希是否打出安打，一定會輪到我上場打擊。我做得到嗎？揮得出顛覆比賽結果的一棒嗎？

遙轉身看向休息區。直到十分鐘前都沉重如泥的氣氛，已經不存在於任何地方。球隊現在團結一致。話是這麼說，但接下來等待她的是孤獨的戰鬥。

遙輕輕握住雙手，然後張開。

包括壘球，還有數學……遙在朋友們的扶持之下走到現在。但是一旦進入打擊區，就無法依賴任何事物。雖說木下老師會打手勢指示……卻不會有人代替她揮棒，或是辨別好球與壞球。

打得出去嗎？

遙如此自問，但答案立刻浮現。

不知道。

可能打得出去，也可能打不出去。這是數學形式的答案——

鏗！

尖銳的聲音突然傳入耳中，遙回神抬頭。真希扔下剛才揮到底的球棒。跨越百分之二十四。小白球穿越到中外野手前方。跑者迅速踩過三壘。

這一瞬間，惡寒竄過遙的背脊。接到球的中外野手，如弓般柔韌縮起身體。

不夠遠……！

遙連忙想要阻止。為時已晚。

弓射出的白箭筆直襲擊本壘。兩人相撞揚起塵土。裁判用力揮下右手。

「Out！」

本壘前觸殺。

偏偏在這個時候，傳回那麼漂亮的球……

遙咬著嘴唇跺腳。

這一剎那。

敵隊捕手迅速傳球到二壘。

遙沒能理解發生什麼事。現場光景如同電視錄影，成為遠方某處的事件映入眼簾。

真希滑入二壘。二壘手朝裁判舉起手套。

「Out！」

明明距離這麼遠，裁判的聲音聽在遙的耳裡卻莫名清晰。所有人都被眼前的現實拋在後頭。

只有一人。只有在最近的位置聽到殘酷宣告的隊長……就這麼癱坐在二壘旁邊，像是察覺一切般仰望天空。

啊，原來如此。

輸掉了。

遙終於察覺這個事實。球棒脫手而出，碰撞地面發出「咚」的聲音。

「終於找到妳了。」

更衣室所在校舍的正後方。遙終於發現像是躲起來般蹲坐在樹蔭的女生。即使搭話也沒有回應。

真希抱膝坐在地上，臉埋在雙腿之間不動。遙慢慢走過去，坐在她身旁。蟬鳴從正上方傳來。

「大家都回去了。」

如同鑽過蟬鳴的空檔，遙輕聲向好友說。明明剛換好衣服，汗水卻已經開始沾溼上衣。

「對不起。」

真希沒抬頭，以沙啞的聲音低語。

「對不起。」

遙沒說話，自己也抱膝坐下。她沒有可以用來回應的話語。

一比二。最後的中區大賽，東大磯中學在第二輪落敗淘汰。換句話說，這表示三年級即日起從壘球社退休。過幾天應該會舉辦歡送會吧。全隊在剛才開完會之後各自換裝解散。

遙換回制服之後，發現真希從更衣室消失。私人物品就這麼留在室內。擔心她的遙找遍陌生的別校校區。

不過，即使像這樣找到真希，遙也說不出任何貼心的安慰話語。不只如此，陪在她身旁的現在，感覺一個不小心就會掉眼淚。

結束了……

遙在內心呢喃。

當時，真希趁著本壘前方短兵相接的時候搶攻二壘。以真希的個性，肯定是認為遊刃有餘才決定這麼做。她沒計算到的是敵隊捕手立刻發現，而且傳球精準到驚人。明明只要稍微偏移就能安全上壘。在最後的最後，幸運的女神沒站在我們這邊。

不是真希的錯。

遙嚥下這句話，說出另一句話。

「好不甘心。」

「嗯。」

真希果然沒抬頭。

看來，到此就是極限了。

樹木、泥土、校舍、天空，都像是顏料暈開般驟然模糊。遙以雙手掩面，但是還不夠。

淚珠一顆顆從指縫滑落。

明明還不想結束。

明明還想繼續和大家打壘球。

不管再踢再打，不管再怎麼抱怨，也無法改變現實。如同巨大的岩石橫放在眼前，封鎖遙想走的路。

無能為力。

就只是無能為力。

感覺所有希望被剝奪，前進的方向失去光芒。

至少，遙直到這一瞬間都這麼想。

「……比賽很精采。」

事發突然。

一個男生的聲音無預警從上方傳來。遙連忙抬起頭。淚水模糊視野。黑色的人影緩慢走向這裡。

「居然在最後一局打造出那麼好的機會……我計算之後，發現機率只有百分之二十四。這可不是想做就做得到的。」

「啊，啊……」

編織出來的無疑是熟悉的聲音。遙站起來，拚命擦拭雙眼。不顧臉蛋哭得不像樣，總之想要讓視野清晰。

那傢伙不可能出現在這種地方。一定是輸球的打擊造成神志不清。腦袋一角的冷靜自我如此大喊。

但是眼前所見的不是夢境或幻影，也不是夏季高溫造成的海市蜃樓。

漆黑的扣領襯衫、大大的黑框眼鏡，還有娃娃臉。

一年前道別的少年站在前方。

數學屋的正牌店長，就在前方。

「我回來了。」

少年——神之內宙面不改色地說。

「我來履行約定了。」

遙目瞪口呆，暫時無法做出任何反應。似乎連淚腺都不知所措，剛才流個不停的淚水也止住了。終於抬起頭的真希也好像嚇一大跳，哭得紅腫的雙眼睜大，驚訝不已。

遙的大腦終於開始運作。

讓遙知道數學多麼深奧的神之內宙。

他現在明明應該在美國的波士頓才對……為什麼會在壘球賽場？什麼時候回日本的？而且他說的「約定」是……？

思考到這裡，遙唐突想起來了。褪色泛黃，彷彿老照片的記憶。其中一段記憶回復昔日的光輝。

——來看壘球賽吧。下個月要比賽。

——比賽？難道妳會上場？

——當然。

這真的是隨口進行的對話。一年前的夏天，訂下這個沒能履行而終的約定。

不，錯了。

是「本應」沒能履行而終的約定。

遙吸回鼻水，露出微笑。

「你記得啊。」

「我不可能忘記。」

宙若無其事地回應。這傢伙真的沒變。不過這樣看就覺得他好像稍微長高了。

「我爸有事回日本，我就一起暫時回國了。」

「那你怎麼沒聯絡一聲？電子郵件也不回。」

「我想趕快回來嚇妳一跳。」

「受不了你。就算這樣，你也來得不是時候。」

「嗯。」

聽遙說完，宙看向樹蔭。雙眼紅腫的真希呆呆仰望這裡。

「宙同學……」

「任何結果都要做過才知道。」

宙像是要搶話般對真希說。

「所以妳的判斷並沒有錯。我想稱讚妳在那時候跑壘的勇氣。」

遙忍不住噗哧一笑。剛才那麼消沉的真希也傻眼般苦笑。

這傢伙真的是很會一臉正經說出令人害臊的話語。感傷的氣氛都搞砸了。

遙在內心抱怨之後，輕輕擦掉眼角的淚水。

「總之，宙，歡迎回來。」

宙悄悄瞇細眼鏡後方的雙眼。停在附近樹上的蟬發出唧唧聲飛走。

盛夏的陽光下，溫柔的沉默流經遙與宙之間。

雖然一直以電子郵件或Skype聯絡，不過其實是相隔一年才再度見到宙。和今天差不多炎熱的那年夏天某日——在機場道別至今的重逢。

遙因為輸球而備受打擊時，突如其來的幸福發出聲音滾到她眼前。為了享受這份幸福，遙投身於寂靜之中。

「宙，事情說完了嗎？」

然而旁邊傳來一個毫不客氣的聲音，使得這股寂靜像是斷線般終結。遙嚇一跳看向聲音傳來的方向。似曾相識的女生搖搖晃晃走向這裡。

褐色的鮑伯短髮、胸口閃亮的項鍊。雖然今天戴著深褐色的墨鏡，但是遙知道她是誰。她就是上週在教職員室見到的別校女生。

當時她表現得好像認識遙，遙心裡卻完全沒有底。真是一名不可思議的少女。

咦？不過，等一下。她剛才確實叫了「宙」沒錯吧？

也就是說……

「啊啊，明日菜小姐。」

宙以尷尬表情回應。被稱為明日菜的少女露出難以捉摸的笑容，像是唱歌般說。

「我一直在等你。你要好好遵守約定喔。」

「約定？」

遙對這個詞感到不對勁而皺眉。雖然試著觀察宙，但他一如往常面無表情。依然坐在樹蔭的真希，似乎跟不上話題而不知所措。

「等一下，宙，怎麼回事？這個人是誰？」

遙問完，宙回應「嗯……」雙手抱胸。明日菜也不說話，自顧自地笑著。

遙完全無法理解狀況。

真要說的話，只知道一件事。

看來，似乎不能盡情為這場重逢感到喜悅。

解答一

水火不容的兩人討論夢想

女生比男生想像的堅強得多。

現在明明是貓咪蜷縮在暖桌，昆蟲躲到樹葉背面避難的季節，她們卻將制服裙子改短，刻意讓北風吹拂白皙的美腿。比起健康或舒適更重視時尚感，一定要維持可愛的一面。女生堅強到總是能以這個宗旨為第一優先。

佐伯明日菜也不例外……應該說她率先實踐這份精神。

「不冷嗎？」

「嗯？還好。習慣之後就沒什麼大不了。」

明日菜回應走在身旁的男生。男生簡短回應「這樣啊」就只看著前方。

這是國中一年級冬季的事。明日菜和第一次交往的男友——白石大智一起享受放學回程的繞路之旅。雖然這麼說，卻不是去咖啡廳或是購物中心這種地方……大智前往的是公立圖書館。

帶點紅色的褐髮、銀色的耳環。雖然無法從容貌想像，不過大智喜愛閱讀，而且閱讀喜好也稍微與眾不同。

穿過自動門，溫暖的空氣迎接兩人。明日菜一圈圈解開包覆下半張臉的圍巾，在此時首度察覺雙腿其實滿冷的。

「欸，大智，你要借什麼書？」

「姆米童話系列。」

「你是說真的？」

「吵死了，沒關係吧？因為我就是喜歡。」

大智毫不猶豫地走向童書區。在書櫃前面讀書的是大約小學低年級的孩童們。鋪地毯的兒童區甚至有幼稚園左右的孩子。兩個褐髮國中生就這樣漫步於這一區。

大智在某個書櫃前方停下腳步，熟練取下三本書。

大智愛看的是「兒童文學」。給孩童看的小說好像都這麼稱呼。即使同年級的學生都在小學畢業的同時，接連告別這種童書……但大智依然和小朋友一起在書櫃找書。他的制服上衣或外套口袋，或是肩揹的包包裡，總是塞著封面可愛的文庫本，而且有空就拿出來翻。

和外表不符的純真大男孩。他的這部分也很迷人。

大智選完自己要借的書，笑著向明日菜搭話。如同磨利的刀子，危險與魅力並存的笑容——明日菜最喜歡的笑容。

「明日菜，拿去，妳借這本《清秀佳人》回去看吧。這是我推薦的書，所以絕對是傑作。」

「我不用了啦。因為我不愛看書。」

「妳這個小傻瓜。難得來到圖書館耶？世界累積幾百年至今的名作，明明齊聚在這裡，妳卻什麼都不借，這樣有趣嗎？」

「因為我只是想和你在一起。」

「這樣啊。不過很可惜耶。明明好看到爆……」

「明明好看到爆？」

明日菜打趣重複大智這句話，大智也傻眼了。雖然是細微的表情變化，但明日菜好想反覆一直看。

「那麼，回去吧。」

辦完借書手續，確認大智小心翼翼將數本姆米系列童話收進包包之後，明日菜這麼說。大智手腕上的手環發出清脆的聲響。

好幸福。只要是和心上人在一起，走在哪裡都好幸福。不需要遊樂園或電影院這種約會行程。即使是通學路或是附近的圖書館，對於明日菜來說都是最好的約會去處。

好想踩起小跳步。明日菜勉強壓下這股衝動。

然後，就在即將走出圖書館自動門的這個時候……

「啊啊，等一下。」

大智從後方叫住，明日菜停下腳步。轉身一看，大智看著另一個方向。

沿著他的視線看去，是從入口往內看位於左側的休息區。不同於圖書館的本館，是可以聊天、吃便當的空間。一名戴眼鏡穿制服的男生，板著臉面向桌子。

披著學者般氣息的這個身影，明日菜略有印象。

是同班的神之內宙。

明日菜沒和神之內說過話。因為神之內在教室總是一個人看書，有點難以接近。

感覺是個陰沉的傢伙。應該不需要刻意打招呼吧。

明日菜不以為意，準備朝自動門的方向踏出腳步。

「喲，這不是宙嗎？」

但她察覺的時候，大智已經不在她身旁，而是咧嘴笑著輕拍神之內的肩膀。戴眼鏡的少年受驚般抬起頭。

「怎麼了，又在念數學？」

「嗯。」

「你還真喜歡數學。這種東西哪裡有趣了？」

「很有趣喔。你也來試試吧？」

神之內就這麼坐在位子，朝正對面的空位遞出鉛筆。他的聲音意外地沉穩又清晰。

「傻瓜。我才不要。」

大智露出像是咬到黃蓮的表情。

不知情的人看見這一幕，或許以為不良少年在找內向優等生的麻煩。明日菜猶豫片刻之後，也慢半拍走向兩人。從神之內的表情來看，似乎是在這時候才首度察覺她。

「神之內同學，你好。」

「妳好。」

神之內面不改色打招呼回應。甚至不確定他是否記得明日菜的長相。

「宙經常在這個休息室念數學。」明明沒問，大智卻主動如此說明。「從小學時代他就一直這樣。」

「是喔，原來如此。」明日菜回應之後終於想起來了。大智與宙來自同一所小學。記得兩人在教室也偶爾會交談。

明日菜是升上國中才終於認識大智。總覺得自己敗給他了，烏雲在內心擴展開來。

這當然是明日菜的任性情感。她只試著問一些無關緊要的問題。

「怎麼不是在自己家，而是在圖書館念書？」

「因為在外面比較能專心。」

「為什麼？」

明日菜隨口再度詢問。但是神之內沒回答。眼鏡後方的雙眼輕輕瞇細。

沒什麼特別的原因嗎？還是不太想說？

內心浮現的這種疑問，也在一瞬之後消失。對於明日菜來說，她對神之內的興趣僅止於這種程度，所以她想趕快帶著大智離開這裡。想要扔下這個不太熟的人，回到只有兩人共處的世界。

雖然如此，等她不經意探頭朝桌上的筆記本一看之後，她就沒能這麼做了。

$$\int f(x)dx=\int f(g(t))g'(t)dt$$

$$\int f(g(x))g'(x)dx=\int f(u)du$$

在筆記本上展開的，是一堆她這輩子從沒看過的符號。如果沒聽任何說明，看起來或許像是魔法陣之類的東西。

大智剛才說過。

——宙經常在這個休息室念數學。

也就是說，這難道是數學嗎？和明日菜知道的數學完全不一樣。

明日菜就這麼將微笑貼在臉上，僵在原地。接著被一陣輕微的暈眩襲擊。

「這是什麼……？這是數學？」

「嗯。這叫做積分。升上高中就會學到。」

神之內隨口說出恐怖的事。明日菜過於不知所措而看向大智。大智似乎也和明日菜一樣，完全無法理解筆記本上的這個魔法，細長的眉毛稍微變形。

「你還是老樣子，都在做這種奇怪的事。這東西真的是用人類語言寫的嗎？」

「千真萬確，絕對是人類打造至今的智慧結晶喔。雖然這麼說，不過這是教科書的水準，所以嘗試之後會發現意外簡單。」

「你這個怪胎。就算學會這種東西，我也不認為派得上用場。」

「即使你不認為，也確實有人需要這種東西。我說過很多次，數學主要是在世界上不起眼的地方大顯身手。」

神之內就這麼坐在椅子上仰望大智。大智如同回應般俯視神之內。兩人視線相交，感覺似乎迸出火花，明日菜捏了一把冷汗。

經過短暫的沉默，大智再度開口。

「真正能在世間派上用場的是文學。」

「不對，是數學。」

「文學可以打動人心，矯正社會的運作。」

「數學可以讓科學進步，拓展人類的可能性。」

「你真是一個不懂事的傢伙。」

「你也一樣吧。」

咦？

難道這兩個人感情不好？

明日菜察覺自己一開始就誤解了。大智在教室偶爾會找神之內宙交談，剛才也是毫不猶豫地搭話，所以明日菜認定兩人交情不錯……

但是，難道大智其實是看他不順眼，才會來找他的碴？

「欸……我們回去吧？」

明日菜以神之內聽不見的音量，輕聲向大智說。「啊啊。」大智露出不太滿足的表情回應。

「喂，固執哥，今天我就放你一馬，下次我會好好教教你文學的美妙。」

「嗯。到時候也讓我說明數學的深奧吧。」

神之內面不改色回應。大智隨即露出牙齒一笑，直到剛才的口角像是沒發生過。與其說是吵架，兩人臉上掛著的，反而更像是運動流汗之後那種舒暢無比的笑容。

「再見啊，宙。」

「嗯。」

簡潔的道別。從中完全感覺不到挖苦或敵意，只存在著親切感——這是從小學時代就處於相同環境的兩人具備的神奇氛圍。

這兩人到底是什麼關係？

明日菜感覺兩人之間有種她無法理解的情誼，內心一陣刺痛。

明日菜與大智，兩人並肩離開圖書館。寒風啃咬肌膚，明日菜縮起身體，暫時不發一語前進。

「抱歉，剛才讓妳多等了一下。」

棉絮般的白色氣息在大智的嘴周邊擴散。明日菜只以輕鬆語氣回應「沒關係」。在旁人眼中，她看起來心情或許不錯。

平常都是這樣。依照朋友的說法，明日菜一年三百六十五天、一天二十四小時，永遠看起來心情都很好。因為她總是笑咪咪的，輕鬆自在過著每一天。眾人說她看起來沒什麼煩惱。

明日菜也會覺得難受，感到寂寞。只是她不會表現出來，因此別人難以知道她內心情緒是否波動。

單獨和我相處的時候，明明不必刻意吵架也沒關係的。

這樣的話語浮現在內心，卻沒顯露在臉上。

她自己也知道，這種個性有時候會吃虧。因為難受的時候無法順利求助。走著走著，雙手很快就變得冰冷。今天早上急著出門，所以忘了手套。本來想呼氣取暖，但嘴埋在圍巾底下，沒能順利如願。指尖變成爛草莓般的顏色。

「手給我一下。」

就在這個時候，大智突然從旁邊伸手過來，抓住明日菜的右手。明日菜還沒出聲，整個人就被他拉過去。

「要是凍傷就麻煩了。我看到都會跟著痛。」

大智的聲音在很近的位置響起。明日菜的右手在大智的左口袋裡。心臟用力跳到還以為會破裂。

「再散步一段時間吧。」

「……不是要回去看書嗎？」

「妳很煩耶。我想在看書之前冷卻一下腦袋。」

大智一笑置之這麼說。右手掌感受到他的體溫。明日菜瞬間擔心自己是否冒手汗，但是如今也無從補救，所以還是決定別在意。

總是這樣。

大智比任何人都正確理解我的心情。

別人怎麼說我都沒關係。

我的心情，只要傳達給這個人就好。

明日菜輕輕依偎過去，就像不願讓幸福逃走。

「早安！」

「啊，明日菜早安！」

脫下外套進入教室一看，靠走廊的明日菜座位周圍，已經聚集三個女生。明日菜說「好冷」，就得到「嗯，超冷」的回應。明日菜在像是野兔擠在一起的女生之間就座。

在教室，明日菜和平凡至極的女生一樣，加入一個感情很好的小團體。在班上是有點搶眼的類型。大家理所當然般染頭髮，也穿了耳洞。但是不會做到蹺課找別校男生玩這種程度。在受限於框架的同時，展現不上不下的俏麗感。

在總稱為班級的團體中，女生會分得更細。共度午休時間的同伴、放學後一起到處逛的同伴、相互吐苦水的同伴。在這裡，自己不是名為佐伯明日菜的個體，必須表現為小團體的一份子。其中一人說「那傢伙很煩對吧」的時候，所有人一定要點頭同意。也不能和其他小團體的人處得太好。出頭鳥會被棒打，被排除。而且國中這個環境過於嚴苛，女生很難單獨待下去。所有人都緊抓著自己所屬的小團體不放。即使能戰勝北風的寒冷，要是人際關係降到冰點就只能橫死街頭。

明日菜不曾覺得喘不過氣。

因為她早已習慣屏息扼殺自我。

「明日菜看起來沒什麼煩惱耶。」

小團體的其中一人懶散地在桌面托腮這麼說。明日菜一如往常，只是嘻嘻笑。

「咦，是嗎？」

「嗯。總覺得妳活得很悠哉。」

「而且還有個帥男友。」

「好好哦！」

眾人紛紛說出感想，明日菜只回應「咦！沒這回事啦！」。她自己也不知道「這回事」是「哪回事」。明明應該沒有人知道，對話卻順利進行。明日菜她們的對話內容就是如此膚淺。

其實我也有煩惱，有時候也會覺得難受。

不過，這時候說這種話反駁也沒意義。大家或許會在表面上關心一下，卻絕對不會陪她談心。而且莫名顯眼的話會被排擠。所以，最好的做法是笑著帶過。

因為至今為止，一直都是這麼走過來的。

「哈囉！」

就在這個時候，教室拉門發出粗暴的聲音開啟，一個男生走了進來。明日菜從眾人身影之間偷偷瞥了一眼，但她還沒看就知道那個人是誰。

大智的亮色頭髮，今天也梳理得帥氣無比。在毫無陰霾的表情相襯之下，總覺得看起來像是太陽。在陰暗又綁手綁腳，像是地底垃圾場的這間教室，大智是異質的存在。大智順暢鑽過眾人之間前進，明日菜的視線跟著他移動。他舉起單手說著「哈囉」，回應班上同學的問候。

「喔，大智，你差點就遲到了。」

「吵死了，阿呆，少雞婆。去追你頭上的蒼蠅吧。」

「早安，大智同學。你今天也像流氓一樣危險。」

「這你就不懂了，像我這麼乖的優等生很稀有吧？」

明日菜知道，大智對每個人的回應方式都不同。講話的難聽程度反映彼此的距離。大智和班上所有人分別維持相應的距離感，所以可以和任何人正常相處，受到所有人的信賴。

「喂！快點回座！」

拿著點名簿的男老師，今天也從一大早就掛著疲憊表情進入教室。各自分散在不同區域的學生們，看到班導登場，就回到自己的居所。班導走上講台之前，一如往常瞪了大智一眼。但是大智看起來絲毫不以為意。

「白石，我有事要跟你說，晚點來教職員室報到。」

「什麼事？又要照慣例說教？」

坐回自己座位的大智笑著說。班導表情變得更為嚴肅。

「老師也不懂我耶！我明明沒做任何壞事。」

「少囉唆，晚點再聽你解釋。」

「好啦好啦，我能去的話就去。」

大智將手舉到臉旁揮動，教室各處隨即發出竊笑聲。班導大概判斷繼續說下去也只是白費唇舌，沒再多說什麼。大人對大智的評價很差。或許是這麼不聽話的國中生很少見吧。大智是自由的。不受老師的拘束，不受小團體的拘束，也不受自己父母的拘束。

不曾覺得喘不過氣。

只是……

一次就好，想要活得像是那個人一樣。明日菜數度冒出這個念頭。

想要像是那個人一樣，擺脫枷鎖、框架或常識這種東西，完全活得自由。

大智躲過班導的目光，只在瞬間轉過頭來，順勢朝明日菜咧嘴一笑。明日菜維持原本的微笑，就這麼輕輕點頭。

這是兩人一如往常的每日問候。

這年冬天，明日菜經常跟著大智造訪圖書館。大智一次會借四、五本書，大致上不用一星期就看完，然後在還書的時候順便再借四、五本新的書。

幾乎每次都會遇見那個男生——神之內宙。他該不會連棉被都搬進圖書館住下來了吧？辦完借閱手續，只要看向休息區，大都找得到神之內坐在桌子前的身影。

每次看見他，大智一定會搭話，結果肯定會正面起口角。從大智在教室裡平等和所有人和睦相處的模樣來看，這幅光景實在難以置信。明日菜如果沒和大智交往，肯定永遠不知道這件事吧。

「兒童文學就是夢想本身。正因為對於將來，對於社會懷抱希望，我們才得以活在世間。」

「夢想或希望這種詞非常不著邊際，可以提出清楚一點的定義嗎？」

「啊？哪有啥定義？夢想就是夢想，希望就是希望。想知道更多就去查辭典吧。」

「我當然能理解辭典裡的意思。我質疑的是閱讀童書所得到『夢想』與『希望』的具體內容。這真的足以對孩童的成長給予正面影響嗎？」

「你是笨蛋嗎？夢想與希望不可能造成負面影響吧？」

「如果沒提出根據證明，就不能這麼斷言喔。」

「看來你真的很想否定文學。」

「這倒不是。我只是在問我質疑的事。」

既然意見這麼不合，你別搭話不就好了？明日菜在一旁滑著手機，靜靜等待議論結束。但是明日菜總是等不到結束。兩人只要一見面，就會像是要將抹布的水擰乾一樣，議論到彼此再也說不出話才肯罷休。

「你這傢伙說過質數有無限個，這何時會在現實生活裡派得上用場？」

「質數會應用在保全系統，我之前不就說過嗎？」

「我不是這個意思。就算你『證明』了這一點，世界也沒有改變吧？因為只要用夠大的質數就可以製作密碼，不需要知道質數有無限個。」

「一旦證明成功，就能更深入理解這個世界。數學家的每一步都沒有白費。」

「就說了，我想問的是，就算理解世界又能怎樣？光是在桌上解開證明題，世界並不會改變吧？」

明明和明日菜一樣是國中一年級……不過博覽群書的大智和數學愛好者神之內的議論，沒有明日菜介入的餘地。明日菜只把兩人的對話當成耳邊風。

像這樣聽得愈多，對於神之內的不耐就愈是強烈。

大智的話語總是易於理解。「夢想」或是「改變世界」這種話語，深深打動明日菜的心。反觀宙的話語，明日菜總覺得只是歪理。

說真的，大智為什麼會槓上那種傢伙？

至少在和我單獨相處的時候，忍一忍該有多好。

不滿的情緒在內心形成漩渦。然後在某一天，穿過圖書館自動門，朝寒空底下踏出腳步的時候，明日菜終於試著這麼說。

「你別管那種人不就好了？」

「這妳就不懂了。」

如同早就猜到明日菜會這麼說，大智暗自聳了聳肩。

「有人找碴就回擊，有人提出議論就奉陪，和意見不合的傢伙徹底爭辯。這才是真正的男子漢。」

「是喔？」

明日菜以隨便的語氣附和。老實說，這種處世方式看起來很笨拙。但她也同時認為能夠活得這麼率直的人很出色。

默默走了一小段路，明日菜再度開口。

「神之內同學，感覺腦筋挺頑固的。」

「妳這麼認為嗎？」

大智暗藏玄機般咧嘴一笑。風迎面往後吹，發出像是直笛吹不好的聲音。明日菜縮起肩膀忍受寒風吹拂。

「嗯，總覺得很機械化。沒想到他是那種人。」

「當然想不到吧。因為宙會像那樣展現真正自我討論問題的對象，頂多就只有我了吧。有夠傷腦筋。」

表面上看似是抱怨，卻總覺得大智的語氣非常愉快。明明見面的時候，像是水火不容般互斥。大智說到「宙」這個名字的時候，不知為何看起來神采奕奕。

「我比較喜歡你的說法。」

明日菜感受著內心的些許煩悶，吐出白色的氣。

「因為，感覺文學可以賦予夢想給所有人。我想像不到數學家的研究派得上什麼用場。」

「從理論層面來說，正確的是那傢伙。但我還不能在那傢伙面前承認。」

大智雙手插在外套口袋，仰望夜空。這是什麼意思？明日菜也學大智抬頭往上看。

淡黑色的東京天空彷彿穿針的遮光窗簾，零星的星辰無聲無息地閃爍。

既然認為對方是對的，為什麼要爭吵呢？搞不懂男生這種生物。這樣的疑問在內心騷動。

不過，明日菜很快就會察覺，自己沒資格這樣說別人。

問題二

試成為好友的支柱

現在是暑假。是的，應該是暑假才對。

不過在三年Ａ班的教室，學生不斷進進出出。有人只是過來看一下就立刻回去，有人站著聊天，有人就這麼坐在空椅子。雖然各有不同，但是位於中心的只有一人。

「這樣啊。如果幫得上忙就太好了。」

「嗯，謝謝！」

當面開心向宙道謝的是隔壁班的女生。她來諮詢「效率高的念書方法」完畢，看來很滿意。「數學屋」的諮商免費，報酬只有客人的笑容。遙覺得這樣就夠了。因為可以度過如此幸福的時光。

客人笑咪咪站起來之後，另一個女生說「那麼，再來換我」取而代之坐下。遙認出這個女生之後睜大雙眼。

「啊，聰美，妳來了啊。」

「嗯。我想和宙同學聊一次。」

聰美以手上的扇子朝臉上搧風。記得這兩人沒有交談過？拂動窗簾的風，使得聰美絲絹般的黑髮輕盈飄揚。

「妳是聰美同學。」

宙像是要將記憶和面前的實體連結般輕聲說，然後如同人偶低頭致意。

「初次見面，我是神之內宙。『神之內』很長，所以請叫我『宙』。」

一臉正經的拘謹問候。遙忍不住笑了。

靠窗角落的座位。綁在桌腳的「數學屋」旗幟。招呼客人的是並肩而坐的宙與遙。蟬鳴從窗外灑入。雖然酷暑難耐，宙卻一如往常穿著黑色長袖上衣，反倒是看的人覺得熱，不過連這種感覺都好懷念。

和一年前一模一樣。是遙覺得在那一天失去的日常。

——宙，既然你難得在這裡，我們來開數學屋吧。

退休球賽的兩天後，遙如此提議，宙爽快贊成。遙立刻以ＬＩＮＥ通知「前二年Ｂ班」的群組。

大新聞！
宙同學居然暫時回國！
今天是數學屋的臨時開店日，需要服務的客人請到２Ａ！

現在是暑假，而且事出突然，要是沒有任何人來怎麼辦……這種擔心是不必要的。遙與宙來到班上三十分鐘後，以前的同班同學紛紛鑽進教室門口出現了。一個又一個，接連前來。而且不知道是從誰那裡聽到消息，連聽美這樣二年級時不同班的人都來訪。

其實如果閒著沒事，遙想詢問突然出現在退休球賽的那個女生——明日菜的事。不過教室裡盛況空前，完全沒有這種空閒。

「總覺得宙同學有『磁場』耶。」

聽美環視教室之後，突然說出奇妙的感想。宙與遙不知道該如何反應，轉頭相視。

「平常不起眼，但是只要名為『數學』的電流接通，力量就會運作。當然是基於正面的意義。」

聽美以冷靜的語氣如此說明。即使是極為貼切的比喻，聽起來也像是煙霧般沒有實體的比喻。聽美的感性很獨特，不時語出驚人。第一次和她交談的宙完全跟不上這種步調，就只是默默喝一口寶特瓶裡的茶。

然後聽美毫不在意這邊的反應，伸出右手，拇指、食指與中指各自朝不同方向伸直。

「你們看，弗萊明左手定則。」

慢著，就算要我們看……

她和宙是不同性質的怪人，而且比去年還要洗練。仔細一看，她右手拿的扇子以黑色粗體字寫著「鰻」。雖然不知道她是否愛吃鰻魚，不過這種設計的扇子，怎麼看都不像是女生會隨身攜帶的東西。

遙決定放棄深思。試著在聽美繼續展開自己的世界之前拉回話題。

「我不知道是不是磁場……不過能聚集這麼多人，我想一定是因為宙同學的緣故。因為一般來說，現在明明是暑假，應該不會有人想特地來學校。」

遙略過所有吐槽點，妥善整理現狀。即使如此，聽美看起來也沒有明顯的不滿。她就只是靜靜微笑，輕輕撫摸立在桌邊的旗幟。

「宙同學現在有點算是活傳說。一年級好像也知道你這個人喔。」

「真的嗎？」遙嚇了一跳。現在的一年級，在宙轉學之前還是小學生。想到數學屋的事蹟被學弟妹們口耳相傳，遙在感到驕傲的同時莫名害臊。

「很多人感謝宙同學喔。我也是其中之一。」聰美優雅撥起頭髮。「因為你在美國幫了素昧平生的我。」

「能聽妳這麼說，我很榮幸。」

宙扶正眼鏡。雖然表情沒變所以看不太出來，但他應該很高興。遙也眺望內心，想取出去年的記憶。在遙心目中非常重要的這段回憶，小心翼翼收藏在心裡。

聰美拒絕上學的時間點，是宙轉學前往美國，遙獨自重開數學屋那時候的事。乍看像是超脫俗世的聰美，當時懷抱著最像凡人會有的煩惱。為了解決她的問題，遙聯絡位於美國的宙，同時和同伴一起奮鬥。

戀愛、鳴立祭、心的遞迴關係式。

當時的辛勞與成就感，在遙的內心甦醒。使用數學的煩惱諮商所「數學屋」，基本上不會拒絕客人的委託。像是「希望能提升社員的幹勁」、「請告訴我是否該和心上人表白」……看起來和數學無關的問題，遙也果敢面對。

——在這個世界，沒有任何問題和數學無關。

某次遙差點要放棄問題時，宙斷然這麼說。任何問題一定能以數學的力量解決。這是數學屋的賣點，也是宙內心的信念。遙的職責則是從旁協助……本應如此。但她不知何時就任為代理店長，處於帶領數學屋前進的立場。

這個負擔沉重到令我受不了。遙悄悄苦笑。

遙的視線前方，聽美的左手依然維持「弗萊明左手定則」的形狀。這究竟代表什麼意義？思考這個問題肯定也沒用吧。風吹開窗簾入內，寫著「數學屋」的旗幟在空中擺動。聽美看著旗幟的一連串動作停止之後，忽然像是回想起來般這麼說。

「話說宙同學，今天也可以找你諮詢事情嗎？」

「當然。」

宙將寶特瓶推到旁邊，拿起鉛筆，表情變得更加英挺。這是比全世界任何人都要可靠，數學屋店長的表情。

老實說，聚集在教室的人幾乎都不是來諮詢事情，只是久違來看看這個怪人。即使如此，依然有幾個人坐在宙的正前方訴說最近的煩惱。宙認真聆聽，提供數學上的建議。

比方說，像是這樣。

「其實，我爸爸在健康檢查的時候發現問題。」

聽美隨口說出頗為沉重的話題。

「雖然不知道細節，但聽說可能是某種重症，所以下週要複檢，但他好像擔心到睡不著覺，感覺在檢查之前就會病倒。」

遙有點畏縮。聽美個性沉穩，說話方式一如往常平淡，內容卻超乎想像地嚴重。旁邊的宙也以不同於以往的嚴肅表情聆聽。不對，說錯了。這傢伙總是掛著這種表情。

「明明不知道是否生病，要是自己倒下的話很像笨蛋吧？所以總之在複檢之前，我希望爸爸盡量打起精神。

「這樣下去確實令人擔心。」

遙以慎重語氣回應，雙手抱胸。

「感覺這個問題滿難的，可能需要時間思考。」

「放心，這種時候要使用貝氏定理。」

「咦？已經解開了？」

遙捂嘴大吃一驚，不過宙非常鎮靜。像是寫教科書的計算題般一派輕鬆。不知道這個人的腦袋到底有幾個抽屜，裝著多少解決的方法。

「假設某種疾病發病機率是一千人之中有一人可能罹患，檢查疾病的準確度是百分之九十九。」

發病機率：1000人之中有1人可能罹患

檢查：準確度99％

宙直接將說出口的「數值」寫在筆記本。聰美當然不用說，至今在周圍聊天的人們也有數人深感興趣探頭看。

「換句話說，一百人之中有一人是誤診。所以即使診斷『生病了』也需要檢查第二次。」

宙以鉛筆筆尾扶正眼鏡。聰美不發一語搧著「鰻」的扇子。

「那麼，在這次檢查診斷為『生病』的時候，實際上沒生病的機率是多少？」

「咦？不就是百分之一嗎？」遙在一旁插嘴問：「因為檢查的準確度是百分之九十九。」

聰美與周圍數人都點頭同意遙的說法。只有宙果斷搖頭。

「誤診的機率確實是百分之一，但這包括了沒生病的人被診斷為『生病』的狀況，以及生病的人被診斷為『沒生病』的狀況。」

「呃……？」

總覺得挺複雜的，遙暗自思量。還以為是因為自己的理解能力太差，但她偷看四周之後稍微放心。包括聰美以及集結過來像是看熱鬧的眾人，都像是吹過一陣風的平原小草般歪著腦袋。

「好好整理數據，具體思考看看吧。」

宙再度讓鉛筆在筆記本上躍動。嘴巴與手同時動起來的這副模樣，遙去年看過許多次。

啊啊，真的是宙。

光是這樣，溫暖的情感就在遙的內心擴展開來。

「假設共十萬人接受這種檢查。這是一千人有一人罹患的病，所以其中有一百人生病。這麼一來，另外的九萬九千九百人沒生病。」

100000人就診（生病＝100人，沒生病＝99900人）

隨著宙的說明，像是印刷字體般工整的數字、符號，以及莫名圓滾滾的文字依序接連排列。

「不過，有百分之一的機率誤診。生病的一百人之中，因為誤診所以其實『沒生病』的共有一人。沒生病的九萬九千九百人之中，因為誤診所以其實『生病』的共有九九九人。」

生病的100人：診斷為「生病」＝99人
診斷為「沒生病」＝1人（誤診）
沒生病的99900人：診斷為「沒生病」＝98901人
診斷為「生病」＝999人（誤診）

「看吧？明明沒生病卻被診斷為『生病』的人這麼多。」

宙朝著聆聽的所有人說。不知何時，圍繞在四周看熱鬧的群眾比剛才還多，人牆變成兩層。

「被診斷為『生病』的人，合計是一〇九八人。不過其中『真正生病的人』只有九十九人。」

「只有這麼少人……」

遙不禁呢喃。這段計算看起來沒錯，而且說起來，宙在數學這方面不可能說錯話。

也就是說……

遙在腦中做結論之前，宙手上的鉛筆就寫出一條簡單的算式。

$$\frac{99}{1098} \fallingdotseq 9\%$$

雖然短，卻裝著想知道的一切。就是這樣的算式。

不知為何，遙覺得這條算式像是手錶。

「正如這條算式所示，即使被診斷為『生病』，真正生病的機率也只有百分之九左右。」

「這樣啊。那麼雖說要再度檢查，也不必太過擔心嗎？」

聰美感到意外般揚起眉角。她說的沒錯。打擊率不到一成的打者，怎麼想都不會成為先發打者。百分之九這個機率很低。

宙以正經表情點了點頭。

「當然，這只是以『一千人有一人罹患這種病』以及『檢查的準確度是百分之九十九』這兩個假設思考的結果。實際上，不知道妳爸爸生病的機率是多少。」

宙再度以鉛筆稍微扶正眼鏡。

「不過，至少機率比妳擔心的低得多。」

「原來如此。」

聰美表情不變，以指尖撫摸筆記本上的算式。雖然看不太出來，不過她似乎接受這個說法了。證據就是她從胸前口袋取出手機。

「這條算式，我可以拍下來嗎？我要拿給爸爸看。」

「當然沒問題。」

「謝謝。」

聽美道謝之後舉起手機。看向垂在手機旁邊的物體，不知為何是蕎麥麵形狀的吊飾，是團放在正方形蒸籠上的灰色麵條。聽美雖然被譽為冰山美女，但從她獨特感性誕生的品味，不只糟糕又難以理解。

啪唰。

教室響起快門聲。看熱鬧的眾人各自像是佩服般逐一嘆氣，然後散開回去閒聊。

從接受諮詢到解決，整件事發生在轉眼之間。即使遙至今屢次目擊數學拯救某人的光景，對此也只能吃驚。宙的數學能力明顯更上層樓，看起來甚至像是名匠工藝。肯定是在美國鑽研的成果吧。

遙欣賞算式一段時間之後，終於從筆記本抬起頭。大概是專注力中斷的關係，暑氣突然像是想起來般來襲。她以毛巾擦拭額頭汗水。

「這就是『貝氏定理』？」

「嗯。雖然單純，卻是在大學課程也會教的重要思路。」

宙以茶水潤喉，露出有點得意的表情。自己明明和這傢伙一樣是國中生，但無論他拿出什麼法寶，都不會讓人感到不可思議。因為他在美國也會到父親的大學聽講。

而且，說到父親……

去年宙之所以轉學，是因為父親要在波士頓的大學做研究。不，說起來，他先前從東京搬到這座大磯鎮，也是基於父親「想在空氣清新的地方住看看」的意向。

像這樣思考，就覺得宙的生活被父親弄得暈頭轉向。畢竟他這次暫時回國，也是因為父親的工作而跟來的。

對於這位見都沒見過的數學教授，遙內心又是不滿又是感謝，心情飄然不定。連宙都說「很奇怪」的怪人。現在肯定和宙一起住在大磯鎮的旅館。遙覺得想見他一面，卻也覺得無論如何都不想見他一面……

「遙，怎麼了？」

聽到這個聲音，遙回神從思考之海起身。聽美那雙無風湖面般的眼睛正注視這裡。滑過臉頰的一道汗水在窗外射入的陽光下，彷彿寶石閃閃發亮。

「不，沒事。」

「這樣啊。」

不知道是興趣缺缺還是表達關懷，無論如何，聽美早早就改聊其他話題。

「話說回來，今天真希沒來？」

聽到這個名字，遙內心忐忑不安。她伸長脖子，以視線掃向教室。用不著這麼做，她當然知道真希不在這裡。

「嗯。先前聯絡她，她說不太方便。」

「是喔，真稀奇。」

聽美明顯揚起雙眉。宙在一旁默默聆聽兩人的對話。

稀奇。確實如聽美所說。明明真希總是主動參加這種聚會。沒說個正當的理由就謝絕邀約，實在不像真希的作風……但遙並非真的想不到原因。

遙她們那場地區大賽是在前天舉辦。從那場敗戰算起，只經過兩天，難免還無法從打擊之中重新振作。

應該說遙自己也完全沒重新振作。

好想贏球。好想贏球之後和大家一起參加縣賽。這麼一來，現在或許也正在和真希與葵擬定作戰，為下一場比賽做準備。

練習至今，努力至今，卻還是力有未逮。

不甘心。不甘心。不甘心到想要搔抓喉頭。

然而……

時間不會倒回，也不會等待任何人。「今天」毫不止息地結束，「明天」毫不留情地到來。

懊悔的心情沒消失，但遙活在「今天」，不是球賽進行的「前天」。「今天」宙在這裡，「明天」也在，但是「下週」不在。

既然這樣，這幾天我絕對不想只以消沉做結。

在內心捲動的後悔情緒，遙悄悄以蓋子封口。

「真希可能很忙吧。」聽美以成熟穩重的語氣說：「我現在去的補習班，她改天好像也要開始去上。」

「咦，是嗎？」

遙嚇一跳，稍微探出上半身。她第一次聽到這件事。

「可是，真希不是在上函授課程了？要是還去補習班上課，腦袋不會燒壞嗎？」

「這種事，妳問我我問誰？」

聰美像是要跳起舞般，輕輕搖動「鰻」的扇子。看來她沒知道得那麼詳細。

大概是以退出社團為契機，函授課程與補習班課程雙管齊下吧。至今沒有社團活動的時候，她明明也窩在圖書館拚命讀書，如果現在還要上補習班，確實難免沒空過來露面……的樣子。

真的是這樣嗎？

如果是平常的真希，應該會為了相隔一年回國的宙擠出時間吧？事情果然怪怪的。

不太能認同的遙板起臉。窗簾與旗幟隨風飄揚，大概是順風吧，一隻蜻蜓從窗戶飛進來。蜻蜓在學生們的頭上盤旋，在眾人的注目之下穿過教室飛向走廊。

「呀啊！」

蜻蜓消失的走廊方向，傳來小小的女生尖叫聲。又有人來了。如此心想的遙看向走廊……葵難為情般臉紅進入教室。大概是被蜻蜓嚇到吧。這傢伙的一舉一動都好可愛。

「呀呼！葵，這裡這裡。」

遙從後方座位招手。葵不是前二年B班的成員，但是一年前也幫過數學屋。宙輕聲說

「啊啊，葵同學」，總覺得他也挺開心的。

葵立刻察覺這裡，晃著馬尾小跑步過來。

然後，在她身後，一個男生突然踏入教室，看見他的遙不禁「咦！」驚叫一聲。

「浩……浩介學長？」

「嗨，小遙，好久不見！」

輕輕搖動單手投以爽朗笑容的他，是超過一八〇公分的高大體格。由於穿著立領制服外套，乍看像是這所國中的學生，不過仔細看會發現釦子不一樣。髮型和上次見面時一樣是公雞頭。

去年的排球社隊長——浩介學長。現在就讀鄰市平塚市的某高中。他是葵的男友，長得滿帥的……

但他是非常麻煩的人。

「啊，聰美學妹也在啊。一陣子見不到我，是不是很孤單啊？」

「沒那回事。請學長立刻回去。」

排球社的學妹聰美，一句話就將浩介砍倒在地。真希望自己也能說得這麼斬釘截鐵……遙感到羨慕。

話說回來，明明在女友葵的面前，浩介卻依然故我。

「小遙，聰美學妹心情不好，到底發生了什麼事？」

「不，沒什麼事……」

「妳又想這樣搪塞我。是女生之間的祕密嗎？我知道了，因為久違地見到我很高興，所以在掩飾害羞的心？」

洋溢爽朗笑容的那張嘴，竟接連說出會錯意的話語。即使是笨拙的亂槍打鳥，空包彈多到這種程度就反而令人佩服。

「好了啦，阿浩，宙同學在為難了。」

葵終於開口規勸男友。這句話讓遙想起重要的事，看向身旁的宙。宙如同擺飾般動也不動，看來在聆聽四人的對話。遙連忙向他開口。

「抱歉，宙同學，把你晾在旁邊。這位是葵的男友浩介學長。」

「宙學弟，這是第一次見面吧？去年鳴立祭的表演很精采喔。」

浩介笑咪咪伸出右手。宙也說「初次見面，當時很謝謝你」握手回應。

浩介是去年文化祭——第六十四屆鳴立祭執行會的副會長。當時在美國的宙能以Skype參戰，也是這位浩介學長協助霸占舞台。換句話說，兩人雖然初次見面，但其實已經合作過。不過，宙應該也沒料到浩介是這麼麻煩的人吧。

見證宙與浩介的堅定握手之後，聰美從椅子起身，以流暢的動作邀葵坐在空出來的椅子。

「我的諮詢結束了，所以葵，妳坐吧。」

「是嗎？謝謝。」

葵取代聰美，坐在宙的面前。浩介接著坐在旁邊。遙變得和浩介面對面，笑容變得有點僵。

宙立刻攤開筆記本握好鉛筆，看來準備周全。

「所以，請問今天有什麼事？」

「啊，那個……其實並不是有煩惱，只是來看看你。因為我想和你聊聊。」

葵有點難以啟齒般回答。她和浩介確實是順利交往到令人有點吃醋的情侶，看來沒有需要諮詢的煩惱。

「這樣啊，謝謝妳特地跑這一趟過來。」

宙就這麼面不改色，突然低下頭。像是玩具的這個動作莫名有趣。

隔著浩介的肩頭看得見幾個男生在黑板塗鴉。聚集在走廊那側的女生們發出笑聲。雖然熱氣不好受，但是時間平穩流逝。

這個時候，站在桌旁的聰美像是忽然想到般，輕敲了手心。

「既然沒任何煩惱……機會難得，要不要算一下數學上的速配度？」

「咦？妳說的『速配』是葵與浩介學長的？」

「喔喔，這個好！聰美學妹，這點子真讚！」

浩介打響手指，心情興奮到無謂的程度。但是葵在一旁歪著腦袋。

「這種事做得到嗎？」

「不，我不清楚。」

聰美立刻回答。這個人真是不負責任。遙嘆了口氣。

「擅自講這種話……何況數學屋不能相信算命吧？」

遙瞥向宙觀察反應。模擬兩可、無憑無據又可疑。算命和數學的思路恰巧相反。至少遙這麼認為。

「這也不一定。」

不過，宙靜靜搖了搖頭。這句話過於出乎意料，遙與葵睜大雙眼，連聰美也皺起眉頭。唯一不同的是浩介，他像是面對快樂故事的少年般笑咪咪的。

「『算命是錯的』這件事，我不曾以數學證明。」

宙朝著圍在桌旁的另外四人說明。

「算命可能準，可能不準。所以我無法否定或肯定算命。」

還以為這是在開玩笑之類的，但是這傢伙表情一如往常正經八百。

遙無法接受，進一步發問。

「可是，『算命不科學』的這種觀點，我認為是常識。」

「常識不一定永遠是對的。即使看起來再怎麼不科學，只要沒被證明，就不能斷言是錯的。」

宙間不容髮地反駁。他以鉛筆扶正眼鏡，額頭的汗珠反射光芒。

「你們知道『歐拉猜想』嗎？」

葵與浩介悄悄相視。遙當然不知道。聰美也靜靜搖頭。

這一年，遙頗為認真研讀數學……但她只知道「歐拉」，沒聽過「歐拉猜想」。

宙確認四人的反應之後，鉛筆在筆記本上遊走。

「猜想的內容是這樣的，這條方程式沒有自然數的解。」

$$x^4+y^4+z^4=w^4$$

遙等人探頭到差點相撞，看向筆記本寫的這條方程式。看起來和「勾股定理」——「$a^2+b^2=c^2$」有點像。不過眼前的算式沒這麼單純，即使是遙也一眼就看得出來。算式本身散發某種像是不准任何人解開的意念。

「李昂哈德．歐拉在一七八三年去世。在這之後兩百年以上的時間，都沒找到這條方程式的自然數解。」

宙像是疼愛般，輕輕以指尖撫摸筆記本上的方程式。

「自然數」是指一以上的整數。歐拉猜想 x、y、z、w 只要都是一以上的整數，「$x^4+y^4+z^4=w^4$」就絕對不會成立。

遙理解到這裡之後，催促宙說下去。

「那麼，這個猜想是對的嗎？」

「大家都相信這是對的。不過到了一九八〇年代，終於找到解了。」

宙拿起筆記本，像是在尋找東西般翻閱。不久，大概是找到要找的頁面了，再度讓四人看筆記本。

無數的英文字母與符號，在這一頁縱橫無盡地躍動。大約在中央的位置，這段數值規矩排列。這些數字即使寫在條碼下方，大概也不會令人感到突兀。

x＝2682440

y＝15365639

z＝18796760

w＝20615673

「這就是推翻『歐拉猜想』的自然數解。」

即使聽他這麼說，遙也難以立刻相信。x是七位數，其他的是八位數。在正常生活的過程中，基本上不會看見這麼大的數字。

而且還要四次方。數字龐大到令人發寒。

「這種數字是怎麼找到的？」

「用電腦一個個算。好像是花了好幾年一直計算才終於找到的。」

宙以平穩的聲音回答遙的疑問。電腦花費好幾年的計算。如果用紙筆計算要多久？如此想像的遙一陣暈眩。

算式的規模震懾四人。宙停頓一段時間之後說下去。

「人們長年以來都相信『應該沒有自然數的解』。不過，經過兩百年這麼久之後找到解了。無法保證這種事也不會發生在『算命』這個領域吧？」

話題終於拉回來了。遙差點忘記原本在聊算命的話題。

宙依序看向四人之後這麼問。

「你們之中，有人能證明算命『絕對』無憑無據嗎？」

確實，宙說的沒錯。算命這種東西不可靠。雖然許多人都這麼覺得……不過既然這樣，算命真的不可靠嗎？要好好證明這一點並不容易。

站在桌旁的聰美，佩服般輕聲說著「原來如此」，然後這麼接話說下去。

「雖然沒人能證明野槌蛇真實存在……但是同樣也沒人能證明野槌蛇絕對不存在。換句話說是這麼回事嗎？」

「嗯，一點都沒錯。」

宙滿足般搖動鉛筆。表情像是老師聽到學生做出超乎預料的回答。在這時候想到野槌蛇的例子，真不愧是聰美。這個例子雖然出奇卻非常好懂。

「野槌蛇不存在」是常識，不過是否絕對不存在，必須查遍全日本，不對，查遍全世界的高山、森林、草原、草叢、叢林等各處的每個角落才能證明。這是相同的道理。要證明「絕對」，並不是一件簡單的事。

宙擦拭額頭的汗水，再度喝口茶。他一直說話，加上身穿悶熱的黑色長袖衣服，或許很容易口渴。

「除此之外，例如發明家愛迪生，也曾經正經八百研究『死後的世界』。在人類史上，沒有任何人證明過『死後的世界不存在』，所以誰都沒權利笑他。算命也是這樣。不能說

『絕對不準』這種話。沒有『絕對』這種事。或許其實有根據，只是還沒找到。這麼想就覺得很有趣吧？」

「哇，你意外也有浪漫的一面耶。」

聽美停止搖動扇子，露出微笑。宙眼鏡後方的雙眼，也像是看著遠方某處般瞇細，似乎在確認話語的觸感。

「數學家都很崇尚浪漫主義喔。」

不，與其說是看著遠方某處……應該說是看著逝去的時間，他散發的是這種氣息。他看的是認識遙之前？還是之後的時間？遙原本想問，但浩介好巧不巧在這時候開口。

「原來如此。宙學弟果然有趣。」

不講話應該很有女人緣的男高中生，像是電視廣告上的演員那樣，朝周圍揮灑莫名爽朗的笑容。葵從旁插嘴。

「其實阿浩從去年就一直說想見你一面。」

「喂，別這樣，我會害羞啦。」

浩介將手舉到臉前誇張揮動。宙終究也不知道該怎麼反應的樣子，就只是「嗯」了一聲。

「我沒別的意思。只是因為我身邊沒你這種人，所以想和你聊聊。」

浩介連忙補充說明。慢著，可是沒人認為你有別的意思。

聽美一副非常不耐煩般看著這樣的浩介。但她終於像是想起什麼事般重新面向宙，將歪到不行的話題拉回來。

「所以？到頭來，可以用數學算命嗎？」

「啊啊，關於這件事……」

宙以鉛筆尾端按住太陽穴。

「比方說西元前的數學家畢達哥拉斯，研究過使用數學的算命方式『數秘術』。可以讓你們試試這種算命方式。不過，如果戀愛速配度的算命結果是『完全不速配』，你們要怎麼做？該不會要分手吧？」

「怎麼可能。」

遙立刻否定，然後瞥向葵與浩介。高大的男生與嬌小的女生，兩人一起愣住不動。畢竟是已經交往一年半以上的登對情侶。

宙安心般露出笑容。

「對吧？不會因為相信算命而分手。既然這樣，從一開始就不必算命吧？因為你們自己肯定最清楚彼此的速配程度。」

葵與浩介轉頭相視，隨即害臊般移開視線。「這對笨蛋情侶……」遙在內心臭罵，卻無法克制嘴角上揚。

站在旁邊的聰美，傻眼般聳了聳肩。

「要不要去圖書館？」

到了下午四點，朋友都回去之後，將凌亂椅子搬回原位的遙這麼說。

「要是看到你來，我想館員阿姨也會很高興的。」

「說得也是。走吧。」

宙毫不猶豫拿著包包站起來。窗戶已經上鎖防盜，所以教室熱得像是蒸籠。太陽快下山的時間還這麼熱，夏天真的很恐怖。遙與宙像是逃走般離開教室，前往圖書館所在的一樓。

這所學校為什麼不在教室裝冷氣？這一瞬間，遙好想現在就去向老師抗議，但其實每到夏天都會有人抱怨，而且每次都被打馬虎眼帶過。遙想起這件事，稍微板起臉。

而且一踏進圖書館，內心的不滿就像是路邊被雨水沖走的垃圾般消失。在校內也有限的冷氣恩澤，從遙的肌膚帶走熱氣。盛夏的圖書館是沙漠裡的綠洲。

「好久不見。」

「哎呀，這不是神之內嗎？」

櫃檯後面的一名女性驚聲說。頭髮全部染黑盤在頭後，看起來充滿活力的阿姨。她是這間圖書館的館員。

在閱覽桌讀書的學生，對館員阿姨的聲音起反應抬頭。但她看起來沒特別在意，朝這裡投以滿面的笑容。臉上的皺紋一如往常會在笑的時候增加約五倍，不過這一切看起來都洋溢著溫柔。

「還是一樣穿得這麼熱。什麼時候回來的？」

「三天前。」

「我聽到你轉學的時候嚇了一跳。要確實提前知會才行。」

「是的，當時很對不起。」

宙鞠躬致意。關於這一點，希望他不只向館員阿姨，也要向全班同學道歉。當時遙甚至沒去上課，汗流浹背跑到車站，付出僅有的零用錢趕去成田機場。

「難得來一趟，借幾本書回去看吧。」

「我很想這麼做，但我下週就得離開大磯。」

「哎呀，是嗎？」

館員阿姨只在瞬間露出遺憾表情，但立刻恢復為滿是皺紋的笑臉。

「那我推薦幾本書給你，你回去之前到書店買吧。」

還沒聽到這邊回應，館員阿姨就迅速從櫃檯後面走向書櫃。宙也毫不抱怨跟著走，看來他並不抗拒。話說回來，遙完全不知道這兩人感情為何這麼好。

「神之內，你會看小說嗎？」

「不，很少。」

「最好看一些喔。在你這個年紀，我推薦的是這本，還有這本。」

館員阿姨從小說書櫃接連取出書本讓宙看封面。宙逐一將臉湊過去仔細端詳，不過好像沒什麼明顯的反應。即使是飽讀數學書籍的宙，投向小說的視線仍然戰戰兢兢。

宙就這麼暫時比較著館員阿姨推薦的書，但他忽然像是察覺什麼般看向書櫃角落。他不發一語伸出手，一本書毫無抵抗脫離書櫃。

看見宙手上的書，館員阿姨好像吃了一驚。

「哎呀，神之內，你對森鷗外感興趣？很艱深喔。」

「不……我湊巧看過這本書，所以覺得懷念。」

宙凝視這本褪色的文庫本。遙不經意看向封面，只有一個字的書名映入眼簾。

《雁》。

不用說，遙當然沒看過。應該說從這種古色古香的氣息來看，不像是國中生會看的書。

「好看嗎？」

館員阿姨露出佩服表情問。宙小心翼翼將《雁》放回書櫃。

「不太清楚。我聽別人說『書裡有算式』才找來看，但出現的篇幅只有一點點。」

「我就說吧。因為這是近代文學，對你來說還太早了。」

館員阿姨再度讓臉上皺紋增加約五倍，露出笑容，然後重新面向書櫃挑選小說。宙繼續默默依序檢視館員阿姨遞給他的每本書。

遙就這麼暫時旁觀宙與館員阿姨的互動。接著胸前口袋裡的手機突然震動。拿出手機一看，有人來電。看到螢幕顯示的名字，遙有點畏縮。在圖書館講電話終究不太好，所以她暫時獨自前往走廊。

「喂？」遙應聲之後，打電話的這個人沒問候就突然問她。

「妳在哪裡？」

「咦？在學校。」

「宙也一起嗎？」

突然來襲的發問攻勢。俗話說「感情再好也要有禮貌」，不過對於遙來說，她不想被這個男生認為彼此感情很好，而且這個人也不懂禮貌。原本想掛斷電話，但是不知道之後會被說些什麼，所以遙還是打消念頭。

「嗯。他在圖書館和館員阿姨說話。」

「這樣啊。我現在過去，等我。」

「啊，等一下……」

電話被掛斷了。

幾乎是單方面的對話。

遙渾身無力回到圖書館。館員阿姨拿著幾本書熱心說明，宙以認真的眼神聆聽。看起來不免像是果菜行的老闆娘以及被拉著不放的客人。

「翔說他現在過來，再等一下吧。」

遙說完，宙將眼鏡往上推，露出鬆一口氣般的表情。

「啊啊，太好了。我還以為今天見不到他。」

「那種傢伙，明明不見面也沒關係的。」

「這可不行。他是重要的朋友。」

宙毫不害臊地斷言。這個人真的率直得像是孩子。

所以才受到眾人仰慕嗎？

遙不禁注視這個稍微長高了些的數學少年。

仔細想想，他在大磯生活的期間不到三個月，卻有這麼多人來見他。宙，這是很厲害的事喔。

遙悄悄微笑，甚至忘記一分鐘前對於翔的煩躁感。

到頭來，聽到「我現在過去」這句話之後等了三十分鐘以上。用LINE傳訊息不讀不回，電話也打不通……遙正打算回去的時候，三分頭少年終於現身。他揹著裝有棒球用品的黑色大包包，扛著同色的球棒箱。

看到板著臉站在圖書館前面的遙，翔笑嘻嘻舉起單手。

「喲。」

「好慢。」

「抱歉，我是直接從比賽球場過來。」

翔將包包放在走廊地面。啊啊，對喔，翔說過今天是棒球社的地區大賽。從短袖上衣露出的手臂應該累積不少疲勞吧。就算這麼說，遙也不原諒翔害她等這麼久。

「所以？贏了嗎？」

「嗯，贏了。晉級縣賽。」

「恭喜。」

「不，勝負接下來才開始。」

翔愛理不理地回應。不知道是裝謙虛還是真的這麼想。無論如何，對於已經在地區大賽輸球的人來說，總覺得他話中有話。

遙噘起嘴，接著翔似乎察覺了。

「話說在前面，我可不會說『我會連壘球社的分一起努力』這種話。」

「少煩。多管閒事。」

遙如此頂嘴，愛理不理的語氣不輸對方。同時也小心避免說得像是敗者在逞強。

遙從以前就不太擅長和翔相處。翔是棒球社隊長，受到男生的愛戴，但眼神犀利如刀，語氣也粗魯。個性基本上冷淡，卻莫名也有重義氣的一面……

總歸來說，遙搞不懂這個男生。開設數學屋之前，她經常和翔率領的男生吵架。宙仲裁雙方的紛爭之後，翔基於各種原因開始協助數學屋，所以比起一年級那時候，遙對翔適應得多……但至今也經常不知道該怎麼對待。不，正確來說，翔大多惹她火大。

今天也一樣，相交的視線中央只差一點點就迸出火花。幸好在吵架揭開序幕之前，宙終於從圖書館出來了。大概是在裡面察覺氣氛不對吧。他來得正是時候。

「喔。宙，你看起來挺好的。」

「嗯，好久不見。還有，上次那件事謝謝你。」

「不必這麼客氣。」

翔晒黑的臉孔塑造出滿有趣的笑容。這兩人之間也存在著「男人的友情」嗎？這種不重要的問題浮現在遙的腦海。

嗯？等一下。「上次那件事」？

「上次那件事是哪件事？」

感覺像是要被對話的列車拋下，遙連忙抓穩。翔眉頭一顫發出「嗯？」的聲音，瞥向宙使眼神。確認宙暗藏玄機點頭之後，翔開口回答。

「上次被問到壘球社的賽程，我就悄悄透露了。」

「咦？被問到？被誰問？」

「還會是誰，當然是宙吧。」

「什麼時候？」

「記得是這個月初左右。」

翔嫌煩般單手搔了搔三分頭。遙轉頭看宙，宙像是做了虧心事般移開視線。

原來如此。遙明白宙為什麼知道地區大賽的事了。

而且說到這個月初，剛好是和宙中斷聯繫的那時候。所以他是為了避免說溜嘴導致「整人大作戰」失敗，才斷絕所有聯絡吧。

「你做的事情還真是有趣。」

翔反覆輕戳宙的頭。宙縮起脖子按著頭，像是不知道該如何反應。他肯定不習慣國中男生的這種調調吧。

「所以，在美國的生活怎麼樣？現在在學習哪方面的課程？」

「現在主要是微分方程式。」

「微分方程式？那是什麼？」
「高中會學到微積分，微分方程式算是更進階的內容吧。」
「說起來，我連微積分都聽不懂了。」
「我想想，比方說……」
宙慎選言辭向納悶的翔說明。翔的頭腦在自己那個學年也是前段班，但終究遠不及宙。他那顆三分頭裡的腦細胞大概正全力運作，拚命想跟上話題……思考這種事的遙，轉眼之間被對話的列車甩落。
之前在Skype聽宙說明過，這好像是大學等級的內容，遙聽了好幾次也聽不懂。
不過……
宙述說數學時神采奕奕的側臉，遙想要再多看一會兒。
不知何時，天空亮起第一顆星星，名為黃昏的時段即將結束。太陽已經帶著熱氣躲到山的另一頭。迎面而來的風也感覺比白天多帶了一絲溫柔。
翔和宙聊到心滿意足之後，一個人先回去了。遙與宙在輪廓變得模糊的校舍旁邊並肩漫步。從校舍出入口到學校正門的短短路程。
穿過正門，兩人停下腳步。宙下榻的旅館方向和遙家相反。
終究不會說要送我回家嗎？
雖然有點可惜，但是期待宙做這種事也很過分。今天就此道別。

「謝謝。我今天真的很快樂。」宙這麼說。早早點亮的路燈在他的眼鏡反射光芒。「說得貪心一點，我也想和真希同學好好聊一聊。」

遙對此同樣感到遺憾。因為到頭來，遙在那場比賽之後就沒能好好和真希說話。難得有這個機會，真希應該也想和宙聊一聊吧。

遙暫時沉默思考之後，下定決心詢問。

「宙，你還會待在大磯吧？」

「啊？嗯，去東京是下週日的事。」

「那就也把真希找來，大家再集合一次吧。你有什麼想去的地方嗎？」

「想去的地方……」

宙輕聲說完仰望天空。試著發問之後以失敗收場嗎……遙有點後悔。

老實說，遙完全猜不到宙會怎麼回答。逛街？看電影？吃到飽？還是唱歌或打保齡球？即使想到各種選擇，但每一項都不符合宙的形象。

要是他說出驚人的提議怎麼辦？些許的不安如同烏雲，在遙的內心層層擴散。

然後，宙像是沒察覺遙的這個想法，輕聲開口。

「玉米……」

「啊？」

「……之前聊到的收割玉米，我想試試看。」

遙沒因為聽到意外的回答而慌張。

這句回答反倒剛剛好收入遙的手中，甚至想不到其他更好的選項。

——暑假來幫忙收割吧。

——收割玉米的工作，我也做得來嗎？

——很簡單，誰都做得來。

去年夏天。

兩人這段平凡無奇的對話，彷彿一陣涼風吹過遙的內心。

凡事果然都應該問問看耶……遙心想。

宙待在大磯的時間只剩下短短幾天。這幾天能不能剛好和玉米收割的時期重疊呢？遙抱著這個厚臉皮的心願，打電話給認識的農家老奶奶。

「很高興你們有這份心……不過還要一段時間才會採收。」

電話另一頭的老奶奶抱著歉意這麼說。遙垂頭喪氣。

說得也是。玉米也不是配合遙或宙方便的時間栽種的。像是土壤、肥料或天候，將這些「數值」綜合起來，生長發育為「解」。到了這個時候才拜託，這個「解」也不可能因而改變，真的改變也很麻煩。

「這樣啊……謝謝您。」

不得已，遙以溫順的語氣道謝，準備放下話筒。

剛好在這個時候……

「啊，對了，鄰居的仲手川先生說過，他那裡會在後天開始收割。」

即將離開耳朵的話筒傳來老奶奶的聲音。就像是在地獄遇見佛祖，遙的聲音頓時變得開朗。

「真的嗎？」

「嗯。要不要打電話確認看看？」

老奶奶以溫柔的聲音說。遙開心到好想踩起小跳步。

確實，大磯的農家並不是預先說好般在同一天收割。正所謂天無絕人之路。

名為仲手川的這位老爺爺，遙從來沒和他說過話。即使如此，遙撥打老奶奶提供的電話號碼說明事由之後，對方爽快答應了。應該說隔著電話也感覺到他舉手歡呼。遙在高興的同時想起農業後繼缺人的現狀，稍微感覺到一陣胸悶。

遙數度道謝之後掛斷電話，然後立刻寄電子郵件到宙的電腦。

To　神之內宙

Sub　玉米

收割的事情，我幫你問了。

仲手川先生那裡的玉米田要在後天收割！

我說想去幫忙，他答應了！

宙，你可以來嗎？

From　神之內宙
Sub　Re: 玉米
嗯，可以去。

To　神之內宙
Sub　太好了！
那麼，早上九點在校門口集合！
我也問問真希與其他人能不能來。

From　神之內宙
Sub　Re: 太好了！
拜託妳了。

遙的手機只收到這樣極簡的回應。宙並不是不高興，他的回信總是這樣。總覺得像是毫無配料的土司，遙一開始不太滿意，但現在完全習慣了。反倒因為過於習慣，最近女生之間以ＬＩＮＥ聊天的時候，遙會下意識以冷漠字句發言。想到這是宙的影響，遙不知為何覺得好丟臉，在這種時候必定會連忙多傳一張貼圖。

雖然從郵件字面完全沒傳達過來，不過宙很期待收割玉米嗎？

順帶一提，遙非常期待。心情愉快到甚至想現在就跳窗飛向農田。

當晚，遙費了好一番工夫才克制自己興高采烈的心。

昨天明明期待成那樣。

當天，遙板著臉站在仲手川先生的農田前方。

成員到齊，沒人遲到。工作手套帶來了，衣服也挑選白底上衣避免蜜蜂襲擊。防晒油抹好了，草帽也戴好了。

準備周全，沒有缺乏任何東西。

只不過，雖然沒有缺乏任何東西，卻多了某個沒必要的東西。

「來，宙。手套要戴好。」

像這樣向數學少年搭話的，是那個褐髮的女生——明日菜。宙像是現在才想起來般取出工作手套，經過一番苦戰戴在手上。遙在有點遠的位置默默看著這一幕。

在東大磯中學的三年級之中，找宙的熟人過來創造美好回憶……遙原本是這麼計畫的，不過宙好像也寫電子郵件通知明日菜了。

就算這麼說，居然加入這個盡是陌生人的集團，叫做明日菜的這個女生不知道是相當積極還是什麼都沒想。當事人只在鴨舌帽下方掛著笑咪咪的表情，所以無從判斷。

這個女生到底是宙的什麼人？先前住在東京就認識的朋友？即使如此，像這樣頻繁造訪大磯也很奇怪。既然特地從東京過來，就代表她和宙走得很近……

想到這裡，遙搖了搖頭。及肩的頭髮隨之輕柔搖動。果然無論如何都得在宙前往東京之前問清楚。

太陽開始升上高空，葉片承載著露水的整片玉米田在陽光照耀之下，像是披上鑲嵌寶石的禮服閃閃發亮。垂著狂野紅鬍鬚長得圓滾滾的，像是在等待人們收割。遙將手放在草帽上，眺望得到翠綠海原的遠方。今天收割的當然只有這塊田的一部分。泥土與肥料的味道刺激鼻腔。

「謝謝你們今天聚集在這裡。」

這塊玉米田的主人仲手川先生，向集結的國中生打招呼。他是年約六十五歲的老爺爺，晒成小麥色的臉龐與刻在臉上的皺紋，彷彿矗立在山中的古木。完全是資深老手的樣貌。

「要請你們幫忙的是收割與整土工作。割下玉米之後，拔下剩下的根莖埋在土裡當肥料。」

遙等人默默聆聽仲手川先生的說明。對於遙來說，這是她熟悉的流程。雖然不是在這塊田，但遙每年暑假都會幫忙收割作物。

今天幫忙收割的有遙與宙、真希、明日菜，以及秀一。

管樂社的秀一，看他雪白的皮膚就知道非常怕熱。光是站在盛夏的太陽下方，像是蔬菜的細瘦身軀就好像會被燙熟。雪白的臉已經滿是汗水，變得如同裝冰塊的杯子。遙擔心向他搭話。

「秀一，你看起來好像很難受了，撐不住的話休息沒關係的。」

「請不要瞧不起我。既然要幫忙，我打算全心全力專注收割，可不能休息。」

秀一抬起蒼白的臉，挺直背脊果斷回應。細得像是一條線的眼睛深處透露悲壯的決意。但他懷抱這種賭命般的決心下田，反而令人為難。

秀一去年是二年B班成員，但上次有社團活動不能來教室。宙也說想再見他一面，所以今天是半強迫拉他參加。

順帶一提，聽美在去年秋天拒絕上學之後，委託數學屋協助她的人，坦白說正是秀一。個性超耿直的秀一，無法放任兒時玩伴不來學校……這是表面上的說法，總之秀一自己應該有各種想法吧。

「真的沒事？你的汗超誇張耶？」

「當然沒事。流很多汗證明調節體溫的機能正常運作。」

汗如雨下的秀一挺胸說。遙不懂什麼體溫機能，但秀一看起來至少頭腦正常運作，所以肯定沒問題吧。遙決定不再擔心。秀一也是留下遙，獨自撥開玉米叢進入農田。

遙在意的反倒是……

「真希，還好嗎？」

眾人分散到田裡準備收割時，遙試著叫住真希。真希轉身以裝傻的語氣反問。

「咦？什麼事？」

「因為，總覺得妳好像很忙。最近是不是累了？」

「沒事啦。妳以為我是誰啊？」

真希手握帽簷，擺出做作的姿勢給遙看。看起來不像逞強，一如往常的爽朗笑容。但如果有人詢問這張笑容背後是否隱藏什麼，遙也沒有證據。

此外，一想到以那種方式敗北的最後一場球賽……

真希已經從這個打擊重新站起來了嗎？

「不提這個，遙，可以扔著宙同學不管嗎？都是因為妳心不在焉，所以他被那個女生搶走了。」

真希無視於遙的擔心，咧嘴笑著指向前方。遙轉頭一看，宙抓著玉米陷入苦戰，在他身旁也看得見明日菜的背影。

「宙，要更用力拉才行。」

「嗯。雖說要拉，但我到底該抓哪裡？」

「居然問哪裡，就往這邊這樣……咦？我也做不好耶。」

明日菜將玉米又拉又推，笑得好開心。「這個什麼都不懂的城市丫頭……」遙在內心咒罵。她該不會是故意那麼做吧？還是真的少根筋？真的是難以捉摸的女生。

無論如何，扔著他們不管的話令人擔心。如此心想的遙，不經意走向宙與明日菜。地面在鞋子底下柔軟凹陷。

就在她準備從後方叫宙的時候，某人在旁邊的玉米叢裡叫住她。

「等一下，遙同學。」

遙覺得這個人叫得正不是時候，卻也不能當成沒聽到。看向聲音傳來的方向，秀一撥開大大的玉米葉露臉，手上已經抱著剛收割的兩根玉米。

「秀一，怎麼了？」

「還問我怎麼了，遙同學，不要發呆，快點動起來啊。如果妳這個發起人一副暮氣沉沉的模樣，我們立場何在？」

「暮氣沉沉？」

這個人總是使用艱深的詞。遙歪過腦袋，秀一氣沖沖地繼續說下去。

「總之，既然要做就應該認真收割。必須盡量減少那位老爺爺的辛勞。我們年輕人要成為助力。」

「好啦好啦，知道了知道了，我知道了。」

遙連忙跑向附近的玉米叢。秀一這個人就像是模範解答的化身，說出的論點都很中肯，和他議論也沒有勝算。只能晚點再找宙說話了。

看著遙乖乖開始動手之後，秀一也回去收割。但他腳步蹣跚，看起來像是隨時會昏倒。視線也沒聚焦。遙忍不住向他搭話。

「你氣色很差耶？還是休息比較好吧？」

「我臉色偏白很正常，無須擔心。」

「但我看來不像是無須擔心……果然是因為平常都沒在戶外運動才覺得吃力吧？」

「我個人很想運動，但是別看我這樣，我很忙的。今年的鳴立祭，我也打算以執行會長的身分盡心盡力，當然還要念書考高中。說起來，你們也應該再稍微自覺到現在的身分是考生……」

「啊！我沒聽到我沒聽到。」

遙以雙手摀住耳朵。明明話語力道不強，卻總是準確戳到痛處。因為過於不甘心，所以遙原本也想說出「去年鳴立祭的時候，你明明哭著來求數學屋幫忙」這番話反擊，但這樣還是太可憐了所以作罷。

後來，遙將秀一的嘮叨當成耳邊風，持續收割玉米。但她沒忘記隨時將宙納入視線一角。距離有點遠，所以宙與明日菜的對話聽不太清楚。遙忐忑不安，摘玉米的手動作自然變得粗暴。

在視野的角落，真希向宙搭話。遙想搭順風車過去加入，卻又被秀一叫住。在費盡心思想要逃離的這段時間，真希說完話了，宙再度開始和明日菜交談。

直到玉米大致收割完畢，終於從秀一的監視解脫之後，遙才終於掌握到和宙說話的時機。宙看著堆積在農田旁邊的玉米山，靜靜佇立不動。遙趁著狐狸精看其他地方的時候從旁搭話。

「怎麼了？看你面有難色的樣子。」

宙從堆積得像是金字塔的農作物抬起視線。彼此四目相對，遙心臟用力跳了一下。

宙的眼睛如同南國海洋般美麗清澈。眼眸毫無雜質，就像是只看著洋溢於世界的數學。連沾在臉上的泥土都彷彿凸顯他的純真。

「我在反省。」

「反省？」

「嗯。我在想，或許有效率更好的收割方法。」

宙這次看向收割完畢的田地。失去果實的玉米莖與葉，在高掛天空的太陽照耀下，激發出濃烈的綠意。

「宙，你太認真了。」

遙扶著草帽這麼說。原本想開個玩笑輕拍宙的背，但是手套髒了所以作罷，改為露出滿臉的笑容。

「在這種時候，效率是好是壞都沒關係。大家能像這樣打造回憶，這才是最重要的吧？數學或許可以解決任何問題……但我覺得偶爾也可以忘記嚴肅的事情放飛一下。」

就像是在向宙這麼說的同時確認自我，遙編織出這段話。

為了以數學拯救世界，宙持續前進。而且因為總是看著前方奔跑，所以可能會被腳邊的小石頭絆倒，可能會沒發現自己掉了重要的東西，可能會和一起奔跑的同伴失散。

遙相信，有時候停下腳步也很重要。

「還有，再怎麼說，連這種時候都穿全黑的衣服太奇怪了。記得黑色不是會吸收熱能嗎？很熱吧？」

「嗯……」

聽到這段指摘，宙低頭看向自己的衣服。今天的宙穿著胸口以標誌點綴的黑色長袖T

恤。即使長袖是防範蚊蟲叮咬，色調也太悶熱了。

回想起來，宙就讀東大磯中學的時候也一樣，就算在盛夏也沒脫掉制服外套。在鴫立祭舞台從Skype登場時的衣服是黑色，前天穿的也是黑色，今天同樣是黑色。

大概真的很喜歡黑色吧。

擁有這種奇怪的堅持，或許也是宙的風格。

「嗯！」

突然間，明日菜從旁介入對話，如同要拆除兩人之間架起的橋梁。如果只看表情，鴨舌帽下方的臉蛋笑咪咪的，簡直像是戴著面具，令人懷疑這是否是真正的笑容。沒傳達出情感，詭異到不寒而慄的笑容。

面對有所提防的遙，明日菜親切向她搭話。

「我大概知道了。看來妳一點都不懂宙。」

「啊？」

遙不禁加重語氣。胸部與腹部的交界處沙沙不安。遙察覺這是從自己身體底層湧上來的憤怒。好久沒有這種感覺了。

「妳在說什麼？我聽不懂妳的意思。」

「就是字面上的意思。」

「究竟是怎麼回事，妳說說看啊？」

「唔！不知道的話，我覺得就這麼一直維持不知道也沒關係喔。」

即使遙以嚴厲口氣詢問，明日菜也都是閃爍其詞。遙覺得這個女生像是樹葉。而且既然是扁平的樹葉，槓上她只是白費力氣。

遙皺眉看向宙。這個女生好像是宙的朋友，既然她說得這麼莫名其妙，宙當然會出面圓場。遙對此深信不疑。

然而，宙說出口的話語，和遙期待的話語不同。

「明日菜同學，希望妳不要責備遙同學。錯的人是我。我對遙同學說了一個謊。」

咦……

遙一瞬間忘記呼吸。包括聲音與色彩，一切都暫時消失。就像是只有遙的周圍被時間的洪流拋下。

說謊？

宙對我說謊？

如同在泥沼移動雙腿，思考的腳步笨重到令人心急。而且任何思考都沒朝著解決的方向前進，像是壞掉的玩具般在原地打轉。

這到底是怎麼回事……？

遙想要出聲這麼問。

然而，即將竄出喉頭的這個疑問，遙不得不吞回去。

「啊！」

玉米田裡響起一聲短促的哀號。遙、宙與明日菜一齊看向聲音傳來的方向。

真希一個人站在玉米葉之中。右手拿著割草用的鐮刀，像是不知所措般愁眉苦臉。

下一瞬間，遙的背脊竄過一股惡寒。真希沒拿鐮刀的左手手套指尖，看得見某種紅色的東西。紅色所占的面積逐漸擴大，終於完全包覆食指的前端。

鮮紅色的血，令人聯想到蛇的舌尖。這個色調犀利烙印在遙的眼睛，毫不留情撼動腦袋與胸口。從天上灑落的陽光，像是突然咬住臉頰般引起遙的注意。

——我對遙同學說了一個謊。

遙感覺嚴重暈眩，當場癱坐在地。

解答二

符合計算的吵架結果

交往半年以來，這是第一次吵架。

明日菜難以將表情顯露在臉上。這時候也不例外，就只是一如往常笑咪咪的。然而這張笑容背後的深處，強烈的暴風雨瘋狂肆虐。其他的任何情感，一旦扔進去都會瞬間絞爛，看不出原本的形體。

即使問她是否在生氣，她也不曉得。她就只是陷入混亂。

而且班上同學沒人懂她的心情。除了唯一一人。

早上的班會時間開始之前，明日菜完全沒透露內心的風暴，一如往常和小團體的同伴相視而笑，愉快聊著昨天看的綜藝節目。正當朋友熱烈主張節目某個登場來賓很帥的時候，大智進入教室。

明日菜的視線一角捕捉到大智的身影。大智乍看和三天前、一週前或是一個月前一模一樣，逐一回應同學的問候。中途經過正在看書的神之內時，從後面輕戳他的頭。

唯一和以往不同之處，在於大智在就座的前後，連一瞬間都沒有轉頭看向明日菜。徹底移開視線到故意的程度。明日菜也只以餘光一瞥，沒正眼看他。

為什麼會變成這樣？

笑容的內側，腦袋隱隱作痛。

原因有兩個。發生地震的時候，據說會先傳導較弱的P波，隔一段時間再傳導較強的S波，就是這種感覺。較小的原因來自明日菜，較大的原因來自大智……明日菜這麼認為。

Ｐ波是在上週前來。大智實在太頻繁前往圖書館，所以明日菜試著將這件事告訴朋友。沒什麼意思，只是當成說笑的話題。

然後，小學和大智同班的女生說出這段話。

——白石同學，該不會是為了見初戀情人才去圖書館吧？

這段話可不能聽過就算。

初戀？這是什麼時候的事？

明日菜想問清楚，但這個女生好像也只是聽過傳聞。後續說的都是瞎猜，明日菜全部左耳進右耳出。

光憑這些情報，無法知道是真是假。明日菜決定在當天放學回家的路上直接問清楚。

「圖書館有你的初戀情人嗎？」

明日菜掛著笑咪咪的表情，開門見山這麼問。看得出大智慌了一下，他視線左右游移，以食指搔了搔臉頰。以他的個性來說，這是很少見的反應。

「是誰這麼說的？」

「是誰都沒關係吧。不提這個，真的嗎？」

「不是戀愛這種情感啦。因為是小學時代的事。」

大智不自然地加快腳步。光是看他的背影就感覺到慌張。

「是喔。真的嗎？」

「嗯，真的。這是往事。」

「不過，雖說是往事，我們一年前為止都還是小學生吧？」

明日菜朝著走在前方的背影說。並不是生氣，只是想試著捉弄他一下。大智沉默片刻之後再度放慢腳步。

「知道了，我說吧。我說就行吧。」

大智像是認命般說。向女友述說自己的初戀，究竟是什麼感覺？

聽到「小學時代」，明日菜內心的妒火減弱。不過，這個帥氣的大智原來也有可愛的初戀，明日菜想到這裡就非常好奇。她認真豎耳聆聽，以免聽漏任何一句話。

「那間圖書館，每週六會舉辦給小學生聽的朗讀會，由志工朗讀兒童文學名作。」

「你喜歡上那位志工了？」

「不是喜歡啦，只是去聽朗讀。」

「這樣啊。年紀果然比你大？」

「嗯。是女大學生。」

「女大學生！」

明日菜終究嚇了一跳。這個小學生還真是早熟。她自己也知道臉上的笑容變得比平常還明顯。

「志工這種工作很辛苦。畢竟低年級的小鬼不會聽話。我看不下去，所以每週過去幫忙。搬東西或是在出席卡蓋章之類的。然後她聲音還挺好聽的，所以我就順便聽她朗讀……」

「喔！」

「幹麼啦。就跟妳說不是那樣了。」

大智臉頰稍微染紅。看來不是因為北風寒冷。

「所以，最後怎麼樣了？對她說你喜歡她了嗎？」

「笨蛋，怎麼可能。那個人已經大學畢業，辭掉志工出社會工作。快一年沒見到她了。」

「聯絡方式呢？」

「不知道。」

「是喔。原來是以悲劇收場的戀愛啊。」

「少煩，就說不是戀愛了。」

大智撇過頭，再度走在前頭。大智的這種態度挺少見的，明日菜不禁會心一笑。

不用掩飾沒關係的。

何況，如果這段戀愛開花結果，我就不會在大智身旁了。

明日菜加快腳步，追上大步前進的背影。

是的，沒有嫉妒。真的只覺得會心一笑。至少當時是如此。

自己也沒意識到的內心某處，或許殘留著沒能溶化殆盡的雜質。

上週日，S波來襲了。

上午的站前廣場。明日菜站在避開人潮的位置，身穿從昨天就精心挑選的毛衣加上粗呢大衣，身體前後晃動對抗寒冷。

今天和大智約好，接下來要搭電車逛街購物。約會總是想挑附近地點的大智難得同意出遠門，明日菜心情自然愉快起來，每十五秒就看手機確認時間，挺直身體，一直在人群中尋找大智的褐髮。

過了約定的時間，大智還是沒有出現的徵兆。身體也涼透了。超過約定時間的十分鐘整，明日菜打電話給他。「啊！我現在剛起床。」

「明明難得約會，你沒設鬧鐘嗎？」

「設了，可是我好像按掉了。」

「咦！很過分耶，真是的。」

明日菜隔著電話責備。內心沒有憤怒。雖然約會的時間減少，不過這時候說什麼也沒用。總之希望他儘早過來。

就在她這麼想的時候，大智一邊打呵欠，一邊說出她難以裝作沒聽到的話語。

「是因為昨天的電話嗎……」

或許是無心之言。即使如此，這句話投入明日菜內心的池子之後，激起好幾圈大大的漣漪。

兩人昨晚確實打電話聊到很晚。擬定今天的約定計畫太愉快，明日菜忍不住聊過頭了。她也記得當時大智好像很睏。

可是，現在用這件事當藉口？

「這是怎樣，意思是我的錯嗎？」

「哎，大概一半一半吧。」

大智的呵欠聲再度順著電波傳來。內心沙沙作響。

我明明好好起床準時赴約，你連道歉都不肯嗎？

不滿的情緒從內心底層湧現。然後過了一秒，掠過腦海的不知為何是「初戀」兩個字。內心煩躁不耐，甚至不敢相信這是自己的心情。

「哼，是喔。那算了，你睡吧。」

明日菜故意說得像是在整人，不聽反應就掛斷電話。周圍的景色頓時進入意識，差點頭昏眼花。進出車站的人們，沒有任何人注意到明日菜。這幅光景就某方面來說毛毛的。覺得自己彷彿孤零零位於這個世界。

明日菜低頭看著手機畫面，踏出腳步離開車站。留給明日菜的是突然閒著沒事的星期日。接下來該做什麼？腦中沒浮現任何點子。

明日菜一回家就立刻窩進自己房間，躺在床上注視手機。她覺得應該會收到道歉的電話或電子郵件而等待。

即使等到晚上，依然音信全無。

之後就再也沒聯絡。

這三天，連一封電子郵件都沒收發，在教室甚至不互望彼此，完全是冷戰狀態。

因為這種理由吵架，果然是荒唐可笑的事嗎？還是稀鬆平常的事？明日菜連這個都不曉得。

上課完畢，不知道有什麼意義的課後班會時間也結束之後，明日菜悄悄瞥向大智的座位。他笑著和幾個朋友交談，最後不知為何輕拍神之內的頭，然後離開教室。果然像是磁鐵同極相斥一樣沒靠近這裡。雖然早就知道，但內心差不多快撐不住了。

我到底想怎麼做？

獨自走出校舍，寒風迎面而來而冷到發抖的明日菜，試著詢問自己的心。滿腦子一片混亂。明明喜歡，卻不想搭話；明明討厭，被無視卻很寂寞。

她知道兩者自相矛盾，卻無疑都是真實的心情。感覺身體隨時會左右分裂，朝著不同的方向走。在差點分成兩半的正中央，一個願望因為孤獨而愁悶。

想要向大智道歉。

這麼一來，就可以解決一切。

解決一切？

真的是這樣嗎？

——這是怎樣，意思是我的錯嗎？

——哎，大概一半一半吧。

帶著呵欠的聲音在腦中重播。

大概一半是我的錯。是這樣嗎？和大智聊天好開心。也一直期待今天的約會。明明只是這樣，明明真的只是這樣。

「嗯，果然是大智的錯。」

走在傍晚的街道上，明日菜輕聲自言自語。呼出的氣化為白煙，溶入清澈的空氣。遠方所見的水泥森林在夕陽照耀之下，如同點火的蠟燭燃燒著天空底層。

每當風吹，腳就冷到生痛。但她不想直接回家。那個家空蕩蕩的，以歸宿來說不具魅力。明日菜暗自把自己家稱為「睡床」。

明日菜家是只有母女的單親家庭。父親在很久之前就簽字離婚，「佐伯」也是母親的姓。改姓是小學時代的事，當時被笑得很慘。媽媽工作很忙，所以遠足時的便當也是在便利商店買的。雖然父親會支付贍養費，所以不愁沒錢……即使如此，還是沒有餘力全家出遊。和母親愈來愈少說話。

不知何時，明日菜變得總是常保微笑。即使被嘲笑，只要笑咪咪不做反應，對方遲早會膩。即使帶便利商店的便當，只要不展現難過的樣子，就免於讓朋友無謂操心。

遇到難受的事情，只要掛著笑容就遲早會結束。戴上無憂無慮的面具，大部分的事情都撐得過去。

這是平淡無奇的生活方式。明日菜察覺自己逐漸變成空殼。無論快不快樂，都像這樣迎合周圍的環境，度過灰色的每一天吧。現在這份辛苦、難受的情感，肯定也遲早會消失吧。沒有戀愛，也沒有夢想，雖然孤單卻不會為任何人添麻煩，一步步走完這一生吧。

明日菜認真這麼想。與其像是媽媽那樣受到傷害，在痛苦之中活下去，她認為現在的生活方式好上一百倍。

這個想法改變了。今年升上國中，認識大智之後改變了。和「一見鍾情」不太一樣。初次見面的時候，明日菜確實覺得「他很帥」，但這和戀愛是兩回事。當時只覺得「雖然帥，卻是有點可怕的臭嘴傢伙」。

真正喜歡上他，是入學經過一個月左右的時候。契機是某天湊巧騎腳踏車經過他家後面。某個物體從二樓窗戶落下，降落在磚塊圍牆上。

明日菜嚇一跳緊急煞車，和圍牆上的人四目相對。單手提著拖鞋的大智，正以貓咪般的姿勢待在牆上。

——喔喔，妳來得正好！不好意思，腳踏車可以借我嗎？

——啊……？

明日菜當然感到為難。大智輕盈跳到路面，套上拖鞋，雙手在面前合十。

——不然，讓我搭一下便車就好。

——那、那個……到底是怎麼……

話還沒說完，正門玄關方向就傳來一陣怒罵聲，明日菜縮起身體。聽不出來對方在說什麼，不過話語中透露的怒火，即使不願意也充分感受得到。大智吐出舌頭。

——糟糕，來了！好了，快坐在後面！

——咦，坐後面？這是我的腳踏車……

——別在意這種小事。

沒空繼續回嘴。圍牆後方出現凶神惡煞般的男性，幾乎在同一時間，載著兩人的腳踏車劃風前行。大智套著拖鞋的腳猛踩踏板，明日菜抓住他的背。

轉頭一看，凶神惡煞追了一段距離，最後氣喘吁吁放棄。雖然不知道在怒罵什麼，但很快就聽不到聲音了。

——那是誰？你為什麼被追？

——嗯？啊啊，我老爸。平常都這樣。

——他好像在生氣，你做了什麼？

——做什麼都沒差吧？我的人生只屬於我，怎麼可以浪費在聽他訓話？

大智踩著踏板笑了。感覺他的聲音響遍高空，傳播到整座城市。明日菜也忍不住一起笑了。

在那之後，明日菜開始注意大智。在教室裡也是，回過神來就發現視線追著他跑。他總是位於班上的中心。他的話語總是打動人心。起先看似可怕的臉孔，習慣之後就漸漸看得見豐富的情感變化。由於看起來表裡如一，所以大家都信賴他。

最重要的是，他非常自在。

快樂的時候，生氣的時候，難過的時候，無論何時都表現得不受任何人束縛。總是以自己心目中的方式活下去。這是明日菜絕對做不到的生活方式。這副模樣迷人無比。

明日菜在第一學期結束之前表白了。他嚇了一大跳，卻毫不猶豫地答應。

——請多指教。

記得當時是以有點緊張的僵硬聲音回應。那天，大智填補了明日菜內心的縫隙。

接下來的每一天，一直都是如同做夢的時光。大智的視線、聲音與心意都只朝向明日菜。光是這麼想，就覺得自己好像輕飄飄浮在檸檬香味的溫泉裡。

大智喜歡的文學類型，明日菜是在秋末左右聽他說的。

——欸，那本是什麼書？

明日菜發現，大智愛用的黑色肩背包裡，總是放著同一本書，某天便試著開口問他。大智露齒一笑，將手伸進包包。

——啊啊，這個嗎？我最喜歡的書。是兒童文學的傑作。

包上書套的這本書，明日菜以雙手接過來。書名是《冒險者們——拚三郎與十五個勇士朋友》。大智說明這是一隻勇敢老鼠對抗恐怖黃鼠狼的故事。

——原來大智喜歡這種書啊。

——對。這本書是我的聖經，圖書館則是我的聖地。

大智說著露出滿面笑容，述說文學的魅力。他的眼睛像是孩童閃閃發亮，甚至看似收集了夜空的星塵。

明日菜說「我幾乎不去圖書館」之後，他大驚失色。

——什麼？那妳喪失了人生一半的樂趣喔。真拿妳沒辦法，改天帶妳去吧。

明日菜毫不猶豫點頭。好幸福。好想一直聽著他的聲音，好想一直走在他的身旁。

「……可是到頭來，我們還是吵架了。」

話語一說出口就化為白煙。隨著天空逐漸變暗，心情也逐漸消沉。只有不願思考的事情老是在腦袋周圍打轉不肯離去。

如果就此分手，就會和爸媽一樣吵架撕破臉。

明日菜無力搖了搖頭。為了阻止思緒朝著負面方向滾動，她匆忙加快腳步，雙腳自然走向平常和大智同行的道路。那是路程比較遠，也幾乎看不見放學學生身影的小巷。繼續走下去，就會連接到通往圖書館的大路。

大智說不定在那裡。

明日菜將臉埋進圍巾，心不在焉地這麼想。她同時想起昔日在圖書館當志工的女大學生，內心躁動難安。她深吸一口冰冷的空氣之後吐出，讓心情平復。

雖然希望他道歉，但是沒見到面就無法如願。雖然不想主動見面，但最近完全沒說到話，所以想找他聊聊。最好的狀況是在圖書館巧遇，然後大智先道歉。這麼一來就可以和好，回程可以兩人一起回去，也可以久違地好好聊聊。

在內心描繪這種理想劇本的時候，明日菜抵達圖書館了。她自認走得很慢，應該不會比大智早到。她穿越自動門，走向本館。

「還在吵架嗎？」

休息區傳來熟悉的聲音，明日菜頓時停下腳步，躡手躡腳走向柱子，躲在柱子後面假裝在滑手機，偷偷看向休息區。

神之內坐在一如往常的位子上，在桌面攤開筆記本。坐在他正前方，身體靠著椅背，雙手枕在褐髮腦袋後面的，正是大智。

「是啊，總覺得氣氛很尷尬。」

大智的聲音勉強聽得到的音量傳來。休息區除了他們還有五、六個人，但好像沒人注意大智他們的對話，大家都專心看書或聊天。

豎耳一聽，神之內再度開口。

「說起來，你為什麼害得佐伯同學心情不好？」

「啊！因為我當時也剛起床，不小心就對她說得太過分了。」

大智看向天花板，拉下表情。他這段話聽在明日菜耳裡挺開心的。大智親口承認自己說的話「太過分」。明明平常總是把「笨蛋」或「阿呆」當成口頭禪掛在嘴邊。

雖然沒主動聯絡，在學校也把明日菜當空氣，但依然確實抱持罪惡感。這麼一來，或許他不久之後就會道歉。想到這裡，明日菜正準備鬆一口氣，接下來傳入耳中的對話，卻使得烏雲再度在她頭上擴大。

「既然想和好，趕快道歉不就行了？」

「笨蛋，也不能這樣吧？」

大智噘嘴搖頭。明日菜不禁差點發出驚呼，連忙在柱子後面嚥下話語。

「你知道嗎？雖然我說『一半』太過火了，但她多少也有錯。如果只有我單方面道歉，不可能圓滿收場吧？」

「嗯。這樣啊。」

神之內以認同的表情點頭。不對，希望他別認同。明日菜從柱子後面露出半張臉，內心焦慮不安。

大智會執著一些奇怪的地方。不對，他不會被別人的意見影響，從這層意義來說，這也很像他的作風……明明只要他道歉，我也會道歉。明明這麼做之後，兩人又可以一如往常，和睦地並肩同行了。

「好。不然這麼做吧！」

神之內忽然將食指豎在面前。他朝著眉頭深鎖的大智，突然說出教人匪夷所思的話語。

「我動用數學的最大力量，勸佐伯同學向你道歉。」

……啊？

一瞬間，明日菜的大腦沒理解神之內這段話。而且在理解之後，也無法將這段話和自己連結在一起。

那個傢伙到底在說什麼？

「慢著，我聽不懂你的意思。」

大智立刻回嘴。明日菜對此也全面贊同，確實完全聽不懂他的意思。

神之內看起來沒受到教訓，再度開口。

「那麼，就以數學方式計算你們各有多少錯吧。我會將結果告訴佐伯同學。」

「阿呆，擅自做這種事，誰會原諒啊？」

「會不會被原諒都和我無關。」

「你這個混蛋……」

大智狠狠瞪向神之內。即使如此，眼鏡少年依然面不改色，轉動手中的鉛筆。場中暫時覆蓋著喘不過氣的沉默，最後大智頂開椅子起身。休息區響起噪音。

「你要去哪裡？」

「回家。」

「是喔。」

「宙，你聽好，不准雞婆啊。」

「這我不能保證。」

兩人互嗆一番之後，大智走向休息區門口。明日菜連忙躲到另一個暗處。大智絲毫不覺地從旁邊經過。明日菜默默目送他穿過自動門的身影。

明日菜猶豫片刻之後踏入休息區。平常如果大智不在就沒理由去見神之內。但是神之內剛才的話語觸動了明日菜的心。

——我動用數學的最大力量，勸佐伯同學向你道歉。

——就以數學方式計算你們各有多少錯吧。

雖然不知道詳情，不過神之內好像打算為了大智而說服明日菜道歉，而且是使用數學的方式。

神之內馬上察覺明日菜正朝自己走來。

「嗨，佐伯同學。」

「神之內同學，你又在念數學？」

「是啊。」

神之內微微點頭，然後重新面對筆記本。明日菜擅自坐在大智剛才坐的位子。神之內不以為意，繼續動手寫字。

明日菜不太喜歡神之內。因為他整天念數學，隱約覺得他根本不是正常生物。他準備用來安撫明日菜的方法，肯定也是相當冷血吧。

光用想的就令人抗拒。正因如此，基於「對恐怖的好奇心」，明日菜還是想聽聽他怎麼說。

「啊啊，對了。白石同學直到剛才都在這裡。你們沒擦身而過嗎？」

「不，我沒看見他。」

明日菜笑咪咪地回答。只要表情缺乏變化，說謊就不是難事。正如預料，神之內毫不懷疑，只回應一聲「是喔」。鉛筆以驚人的速度在筆記本上躍動。

好啦，你要怎麼出招？

明日菜做好心理準備，等待神之內的下一句話。

神之內正在腦中擬定作戰嗎？那本筆記本上面，正在發生什麼事？是在整理用來說服我的作戰嗎？還是在計算大智與我各有多少錯？

感覺像是隔著牢籠看猛獸。想看卻不想摸。想知道對方的想法，卻不想有所共鳴。

反正沒事做，明日菜決定耐心等待。

但是無論怎麼等，神之內都沒特別說些什麼。這段期間，休息區的其他人都來來去去換了一輪。時鐘的聲音滴答作響。偶爾混入自動門開啟的聲音。

神之內埋首計算，如同明日菜從一開始就不存在。

原本算準他一定會出招。原本以為他會助大智一臂之力。

難道他……就只是一如往常在用功？

明日菜察覺之後，肩膀逐漸放鬆力氣。突然覺得自己像是笨蛋。真是的，我一個人在這裡做什麼？明日菜輕聲嘆息之後起身。

就在這個時候，口袋裡的手機震動了。

「咦？」檢視畫面的明日菜不禁呢喃。「是大智寄郵件給我。」

神之內只在瞬間抬頭，然後視線再度落到筆記本上。手依然繼續動個不停。他稍微動著嘴巴輕聲說。

「嗯，是喔。」

與其說是不感興趣，他的口氣更像是因為正如預料，所以不感驚訝。

郵件內容非常單純。有話要說，所以想要現在見個面。不加任何表情符號，很像大智會寫的內容。

如果是要談分手怎麼辦？明日菜感到不安，但是這種擔心是多餘的。在站前廣場一見面，大智就突然向她低頭。

——對不起。

面對如此率直的謝罪。明日菜也立刻道歉回應。大智隨即鬆一口氣般笑了。

大智似乎認為如果只有他道歉，對兩人今後的關係不太好。他不喜歡只有男友單方面忍耐的關係，因為一定會種下禍根。

不是壓抑自己，而是誠懇表達自己的心情。明日菜的心變得暖和了。由衷慶幸可以和這個人重修舊好。

而且重修舊好之後，明日菜反而搞不懂為什麼自己當初不肯先主動道歉。堅持這種小事，感覺像無藥可救的小鬼頭。

「既然順利和好，那就太好了。」

某天放學後，圖書館裡的休息區。大智去選書的時候，神之內向明日菜這麼說。

「難道說，這是按照你的計算進行？」

「嗯。我猜得到白石同學聽我那麼說之後，會採取何種行動。」

神之內若無其事大膽這麼說。

「我不太清楚戀愛這種東西。但我很清楚白石同學不想讓戀愛牽扯到數學。」

所以才會故意假裝介入啊。明日菜在接受的同時感到佩服。

只要知道神之內要對明日菜採取「數學形式」的行動，大智就會阻止。具體來說，就是會先主動和好。

必須熟知大智的個性，否則絕對做不到這種事。總覺得不甘心。這樣像是由他解決兩人的問題，明日菜內心感到煩悶。

明日菜在意這種事情的時候……神之內幾乎沒動臉部肌肉，平淡補充這段話。

「白石同學鮮少找我商量事情。由此可見，他想跟妳和好的意願多麼強烈。雖然好像被奇怪的掛念妨礙……但他打從一開始就決定道歉，所以我推他一把之後，他就立刻道歉了。」

確實。大智向堪稱水火不容的神之內傾訴煩惱，代表他相當困惑。對此，神之內不僅好好回應，更使用了不傷害大智自尊的方法。

「神之內同學，你這傢伙挺不錯嘛。」

或許一直以來有點誤會他了。明日菜包含道歉的意思在內，向他這麼說。雖然不到想要相互理解的程度，卻暗中認為之前討厭他是錯的。

神之內將眼鏡後方的雙眼稍微睜大，露出意外的表情。窗外射入陽光，鏡片因而反射光輝。

「話說回來，我一直想問妳一個問題。」

「咦？」

「妳為什麼總是掛著笑容？」

聽他一臉正經這麼問，明日菜瞬間不知道如何回應。因為她沒想到神之內會問這種事。

就算問我為什麼……如果要老實回答，就必須說明自家是母女單親家庭，在各方面辛苦走過來，領悟到只要一直掛著笑容就不會受傷。明日菜可不能說明這麼多，所以決定隨口帶過。

「不知道。因為我是這種個性。」

「嗯……」

神之內面有難色歪過腦袋。接著他輕聲說「這就奇怪了」，自言自語般說下去。

「但我認為人是在高興或快樂的時候才會笑。」

這是當然的吧？明日菜想這麼說，但還是作罷。因為要是和這個人爭論，感覺事情會變得很麻煩。

「抱歉，久等了。」

剛好在這個時候，大智抱著好幾本小說進入休息區。明日菜壓抑興奮的心，以笑容迎接他。

神之內所說出意味深遠的這句話，她至此忘得一乾二淨。

和好之後，暫時持續著和以往一樣的日常生活。若要說哪裡改變，頂多就是大智被叫去教職員室的頻率稍微增加吧。與其說是他闖了什麼大禍，應該說原因在於他從平常累積的各種問題。

從校舍後方圍欄的縫隙鑽出去，前往便利商店買東西；上半身不穿制服而是穿連帽便服……一般都僅止於當場告誡，但因為他不肯好好應對，所以動不動就被叫去教職員室。

大智當然不會乖乖聽話前去報到，所以老師當然會聯絡家長。大智在寒空下拔腿逃離訓話，到了深夜才回家。他過著這樣的每一天，而且朋友對他的評價超好，看在大人眼中應該不是滋味吧。心情挺舒暢的。

明日菜屢次和溜出家門的大智約會。

「如果有那個閒工夫聽無聊的訓話，我寧願多看一本書。」

某個星期日，大智嚼著明日菜費心製作的便當這麼說。

「那種行為是大人的自我滿足。只是想要『已經罵過了』的事實，連一丁點都不是為我著想。」

是這麼回事嗎？明日菜不太清楚。

大智最近太常溜出家門，被宣告沒飯吃的次數好像增加。寒風載著枯葉吹向兩人。運動公園的長椅方便晒太陽，擋風的遮蔽物也相對較少。不過，只要和大智共處，這種程度的煩惱只是小事一樁。

大智將煎蛋捲送入口中時，明日菜發問。

「老是做這種事會被老師討厭，成績會扣分喔。」

「成績不重要。我上課有在聽講，書也有在看。腦中的知識確實增加，所以不需要成績單這種裝飾品。」

「可是……」

校內評鑑也會扣分耶？明日菜本來想要這麼說，但還是作罷。大智不可能什麼都沒想，應該不至於要她擔心吧。比起這件事，她更在意便當做得好不好。

「……好吃嗎？」

「還可以。」

「……再也不做給你吃了。」

「開玩笑的啦，超好吃的。感謝招待。」

大智雙手在面前合十，蓋上便當盒。雖然是小事，不過，成為大智的助力了。這個事實真的真的令明日菜很開心。

試著再稍微鑽研一下料理吧。

進行這樣的對話約一週後，大智發現了「那個」。

在圖書館借了五本童書之後，大智一如往常到休息區露臉。大概因為已經是日落時分，神之內不在。取而代之的是他平常用功的那張桌子上，孤零零留下了一個物體。

明日菜走過去拿起這個物體。是差不多剛好手心大的黑色計算機。

「是宙的吧。」大智看一眼就這麼斷言。「應該是忘記帶走了。」

明日菜暗自傻眼。空無一物的桌上擺著這種漆黑的東西，忘記帶回家還比較難。簡直脫線得嚇人。

明日菜也沒有狠心到就這麼把計算機留在桌上。就讓大智拿回去，明天在學校歸還就好吧。

她認為大智肯定也這麼想。

但她錯了。

「我知道那個笨小子的家。雖然麻煩，不過送去給他吧。」

大智毫不猶豫說完轉過身去。明日菜連忙將計算機塞進大衣口袋，跟在大智身後。

真是的。

為什麼這個人要主動去找吵架的對象？

明日菜在並肩行走的同時暗自抱怨。是類似西班牙的鬥牛士，故意讓自己暴露在牛的面前，享受這場戰鬥嗎？還是說，鬥牛士是神之內，大智只是放空腦袋衝向紅布？

「明明等到明天也行。妳正在這麼想吧？」

大智像是看透明日菜的腦中般搭話。明日菜內心緊張了一下，卻以一成不變的調調回答。

「沒那回事。」

不過，看來果然對大智不管用。一如往常，他的話語搶先一步迎接明日菜。

「偶爾一次沒關係吧？繞點路吧。」

這是美妙的提案。明日菜挽住大智的手臂代替回應。兩人依偎前進。

明日菜幸福到忘記北風的寒冷。

是的，這是幸福無誤。

不過兩人的幸福道路前方，展開一幅奇妙無比的光景。

「咦？那個人是神之內同學？」

首先發現的是明日菜。接著大智皺起眉頭。

兩人視線前方是身穿大衣的神之內。在路燈照耀之下，臉孔前方漂浮的白色氣息清晰可見。他在公寓大門前來來回回。吹過建築物之間的風，發出像是妖怪抽泣的聲音。

「那間是宙的公寓沒錯。」

「為什麼不進去？」

兩人一起歪過腦袋。剛好在這個時候，神之內好像也察覺兩人。眼鏡後方的雙眼稍微睜大。

大智放開相繫的手，跑向神之內。

「喂，怎麼了？瞧你杵在這種地方。」

「現在別進入家裡好像比較好。」

得到的回應是莫名其妙的話語。晚一步過來的明日菜，不知道該如何反應而僵住。

「什麼嘛，又來了嗎？」

大智沒有大驚小怪，輕聲這麼說。脫口而出的嘆息化為白煙，彷彿憂鬱的心情化為實體。

神之內的鼻尖與耳朵前端變成紅色。明日菜不知為何聯想到路邊紙箱裡的幼貓，倒抽一口氣。

問題三

試找出宙的謊言

明明是真希流血，卻是遙被當成重傷患處置。

一陣暈眩癱坐之後，偏偏是由明日菜攙扶到樹蔭。玉米田的主人仲手川先生說「可能是中暑」驚慌不已，甚至想叫救護車，所以遙全力阻止。

「中暑的時候，必須攝取水分與礦物質。」

秀一以非常凝重的表情說完，不知為何買了十二瓶運動飲料。錢好像是仲手川先生出的。看到秀一和宙分工搬來大量的寶特瓶，遙的頭變得更痛。但她很感謝兩人這麼擔心。

遙在層層交疊的樹葉下方休息身體，拿起一瓶寶特瓶，慢慢喝了一半左右。覺得稍微舒服一點的時候，真希來探視。她說著「呦」坐在遙身旁。

「我可以拿一瓶嗎？」

「嗯。當然。」

「謝啦。」

塑膠袋裡像是保齡球瓶直立的寶特瓶，真希抽出一瓶。還有十瓶。要是一個人喝這麼多的量，感覺會生其他的病。

「對不起，我添麻煩了。」

「說這什麼話，沒什麼麻煩不麻煩的。」

真希喝一口飲料，稍微伸個懶腰，然後看向緊靠在一起的保齡球瓶。

「唔！失敗的反倒是我們吧。大家好像都慌了。在這種時候，要是翔在這裡果然比較好。」

「翔？為什麼提到那傢伙的名字？」

因為真希說得突然，所以遙加重語氣。真希不為所動，在手中滾動寶特瓶蓋。

「因為，翔總是很冷靜，也不會誤買十二瓶飲料吧？」

雖然不想承認，但真希說的確實沒錯。翔面對狀況的時候，總是面不改色進行適當的處置。這種冷靜的態度幫過遙好幾次。

記得他說今天棒球社要練球所以不能來。雖然不是對於宙與秀一的應對感到不滿，不過要是翔在場確實比較可靠吧……

「不過，可真稀奇，社團活動的時候，妳明明也從來沒中暑。該不會是退休之後稍微鬆懈了吧？」

「可能吧。」

遙將寶特瓶按在脖子上，努力讓身體降溫。同時感覺胸口深處隱約出現漩渦。另一個想法在心中不時探頭又縮頭。

實際上，應該不是熱到昏倒。

——我對遙同學說了一個謊。

那時候從宙口中說出的這句話，像是槌子重重敲在遙的腦袋，緊接著又看見血……導致大腦的混亂達到極限吧。就像是堤防剛好因為大雨潰堤。

而且若要說「不像平常的妳」，真希也不例外。遙神不知鬼不覺偷看真希的指尖。右手食指包上繃帶，大約變成兩倍粗。好像是手套湊巧破洞，揮動的鐮刀又湊巧劃過該處。

如果是別人就可以用「粗心大意」結案。但是真希做事比誰都認真，應該不會犯下這種失誤，所以另當別論。

「欸，真希，妳果然怪怪的。」

遙稍微猶豫之後開口。真希完全沒回應，清澈的雙眼看向田地。剩下的三名國中生與仲手川先生，正在將收割完的玉米莖拔出來，或是用鐮刀從根部割下。

「妳明明很忙，但是該不會在逞強吧？難受的話，我至少可以聽妳吐苦水啊？」

真希默默將寶特瓶拿到嘴邊。在翠綠的玉米葉之間，宙與秀一單手拿著鐮刀和粗大的玉米莖奮戰。帶著熱氣的風迎面而來，兩人的對話也順著傳入耳中。

「宙同學，再努力一點吧。從常理思考，男國中生的力氣肯定比老年人或女性來得大。」

「雖然這麼說，但是這挺難的。沒有以力學來說更高明的做法嗎？」

「與其苦惱，動手做肯定比較學得會。你想想，樂器或游泳不也都是這樣嗎？農務肯定也一樣。這就是俗話說的『船到橋頭自然直』。」

「既然這樣，我就用你的做法當範本吧。」

宙的鐮刀插入玉米莖拔不出來，他暫且放棄，開始注視秀一的手。眼神像是在做理科實驗一樣認真。

秀一大概是聽到他說「範本」心情大好，以相當得意洋洋的表情揮下鐮刀……但是鐮刀插入玉米根部，一下子就拉不動了。

「唔？咦，奇怪了……不怎麼順利。」

「嗯。果然很難。」

宙與秀一一起露出為難表情。遙忍不住笑了。很難得看到那兩個人交談。過於正經因而徒勞無功，感覺他們在這一點挺像的。

話說回來，光看宙現在這樣，並沒有什麼奇怪的地方。那麼，剛才那句話到底是怎麼回事？

「那兩個人，總覺得很有趣。」真希就這麼抱膝坐著說：「而且有種貫徹自我風格的感覺，挺帥氣的。」

遙看向身旁，真希像是感到耀眼般瞇細雙眼。帥氣。宙與秀一實在不適合這個詞。

「真希也很帥氣喔。」

「沒那回事。」

真希立刻搖頭。不是謙虛，應該是真的這麼認為吧。她的雙眸暗藏著不適合盛夏白天的陰影。

遙想回應，話語卻卡在喉頭。她喝了一口剩下的運動飲料。黃色與黑色，配色像是平交道柵欄的一隻蜜蜂橫越視野。

「我不知道發生了什麼事……」

遙目送蜜蜂飛往一旁田地的方向，身體靠在樹幹。

「不過如果遇到困難，有時稍微依賴我們也沒關係吧？」

遙以單邊眼睛再度觀察真希的反應。真希愣了一下，數秒後突然摀住嘴噗哧一笑。

然後她說出令遙意外的話語。

「遙，妳很像宙耶。」

「咦？」

冷不防被這麼說，遙驚聲大叫。感覺叫聲響徹毫無遮蔽物的藍天，不禁捏了一把冷汗。幸好正在下田的大家好像沒聽到。宙與秀一依然以剛才的調調面對粗大的玉米莖。

然後，真希完全不理會遙的慌張，以意外認真的眼神看過來。遙重整心情詢問。

「妳說我像宙，是哪裡像？」

「率直的這一面吧。」真希說完笑了。遙暫時說不出話。

「唔哇，有蜜蜂！」

此時，突然傳來哀號般的聲音。遙與真希看向田地，剛才看見的蜜蜂正在宙周圍嗡嗡飛舞。秀一受驚跳開，宙只動著脖子，觀察這隻像是衛星，以他為中心打轉的蜜蜂。

看體型可能是虎頭蜂。要是被螫，不會僅止於疼痛那麼簡單。遙身體僵住，嚥了一口口水。不祥的振翅聲撼動耳膜。

剛才只在一瞬間映入眼簾時，想說已經飛走所以沒留意……不過蜜蜂像那樣飛向人類時非常危險。

「不要亂動！」

仲手川先生發出急迫的聲音。宙面不改色點頭回應。

蜜蜂會飛向黑色的物體，這明明是常識。宙真是的，因為你穿那種衣服……

遙的腦中處於後悔莫及的狀態。

拜託宙不要刺激蜜蜂……

遙在心中祈禱，注視著宙。幸好宙只有轉頭，身軀動也不動……但是蜜蜂也可能心血來潮，突然發動攻擊。

經過十秒左右，蜜蜂似乎終於在宙的四周盤旋到膩了，振翅發出響亮的聲音飛越田地離開。威脅暫且遠離，眾人鬆了一口氣。仲手川先生甚至像是在這十秒老了十歲。

不過，剛才被鎖定的當事人，看起來完全沒受影響。如同不把剎那之前的危險當成一回事，冷靜扶正眼鏡。

「蜜蜂原來飛得那麼快啊。時速大概是多少？」

遙擔心他可能哪裡被螫，原本想跑過去看看，如今也沒這個心情了。正準備起身的遙再度坐下。

遙還是無法相信那個人竟和自己很像。

玉米收割之後，莖與葉要埋到田裡當肥料。遙原本打算至少幫忙翻土，但是秀一頻頻說「病人最好休息」，她到最後只能一直待在樹蔭。看著大家揮汗工作，就會產生罪惡感與些許的疏離感。

所有工作完成時，太陽已經升到最高的位置。遙待在樹下，所以陽光沒有直射，但是地面反射的熱度纏住肌膚酷熱難受。感覺光是坐著不動會被奪走更多體力。

十二瓶寶特瓶飲料，到頭來所有人分著喝，一下子就喝光了。

「今天謝謝你們。真的幫了大忙。」

仲手川先生露出滿足的笑容，對工作完畢集結的五名國中生這麼說。背後的遼闊田地變得光禿禿的，成為只有深褐色的地面。直到數小時之前居然是遼闊的玉米田，真令人不敢相信。

「我買了冰棒回來，請你們一人吃一根吧。」

仲手川先生舉起便利商店的袋子。預料之外的報酬，使得遙他們的眼睛閃閃發亮。工作快要結束的時候，想說仲手川先生怎麼不見人影，原來是去便利商店買東西了。遙他們道謝之後各接過一根冰棒。是切片西瓜形狀的經典冰棒。

「宙，怎麼樣？快樂嗎？」

遙一邊啃著冰棒一邊問。宙覺得稀奇似地，觀察西瓜冰棒的尖端，然後抬起頭。

「嗯。雖然也有不順利的事情，卻是寶貴的經驗。而且也和真希同學與秀一同學說到話了。」

雖然面無表情所以看不太出來，但他似乎滿足了。遙鬆一口氣。即使中途多少發生風波，不過這個企畫大致成功。

只不過，遙還有兩個掛心的問題。

「然後宙，明天有空嗎？」

「明天嗎……上午應該空得出時間。」

宙就這麼面不改色啃了一口冰棒。工整等腰三角形的頂部出現缺損，留下咬過的扭曲痕跡。看來即使是宙也終究無法將三角冰棒維持三角形狀吃掉。

「太好了。其實我想陪真希商量事情。十點左右可以來學校嗎？」

「知道了。數學屋的工作是吧。」

「沒錯，就是這麼回事。」遙以愉快的聲音說。同時，內心也有一個自己無法盡情歡笑。遙必須面對的不只是真希的諮詢，剩下的另一個疑問也必須要求宙自己回答。

距離宙前往東京還有兩天。

雖然並不是在期待什麼。

不過，看來實在沒空排出「兩人約會」這種青春時光了。

隔天的星期六，遙與宙為了解決真希的煩惱而來到3A教室。兩人在靠窗角落並排椅子，隔著桌子和真希面對面。

教室這種場所平常充滿活力，相對的，一旦沒人就洋溢獨特的寂寥。排在教室裡約四十張的桌椅，就這麼凌亂沒排整齊，看起來甚至像是遭人棄置。黑板留著結業典禮當天的值日生名字沒擦掉。大概會這樣再殘留將近一個月吧。某間教室傳來管樂社練習的低沉吹奏聲。

去年，每週一放學後開張的數學屋，記得也是這種氣氛。遙吸入四下無人的校舍空氣，懷念已逝歲月的記憶。

不，應該說正準備懷念。

「為什麼連妳也在？」

「嗯？」

遙不太高興地詢問，明日菜則是對遙笑咪咪的。和身穿制服的遙與真希不同，她當然穿便服——破洞明顯的牛仔褲與白底圖案T恤，然後不知為何腰間綁了一件格紋上衣。看她狡猾地坐在真希旁邊，手肘撐在桌面放輕鬆等待，似乎是滿心想要參加。

陽光以窗簾隔絕，代價是完全無風，教室裡的狀態如同三溫暖。真希的短髮下方流出一道汗水。明日菜拿墊板優雅搧臉。

「沒關係吧？我想看看宙的數學屋是什麼感覺。」

「哎，妳不礙事的話就沒差。」

遙不情不願這麼回答。雖然還不知道這個女生和宙是什麼關係，卻也不能隨便趕她走。

至於宙則是……一如往常穿著黑色衣服，一如往常正在準備筆記本與鉛筆。和幾天前臨時開張那時候一樣，旁邊擺著寶特瓶茶。一瞬間，遙覺得是心情不好的自己比較奇怪，但她連忙搖搖頭，將這種想法趕出腦海。

無論明日菜是什麼人，至少肯定是知道「遙不知道的宙」的人物。之後應該需要好好聽她說明吧。因為這麼一來，肯定也能解開宙當時所說那句話的謎。

總之，遙決定現在先聽真希的煩惱，暫時將明日菜的存在扔出意識。

「那麼，真希同學，首先請告訴我詳情。」

宙毫無開場白就開口進入正題。真希好像多少感到驚訝，但她原本就是不繞路筆直向前衝的類型，所以正面承受宙的視線開口。

「其實……我最近和爸媽處得不好。」

「嗯，和父母嗎？」

「嗯。我想辦法只在吃飯的時候見他們。畢竟爸媽動不動就嘮叨，我也會頂嘴。這樣不是浪費時間嗎？」

「確實。受到情緒驅使起口角也沒有建設性。」

宙深深點頭同意。看他表情莫名通情達理，遙覺得有點怪怪的。

真希美麗的眉毛像是難過般變形。

「所以，我們幾乎沒對話了。大概兩週左右一直這樣。」

「兩週……」

遙輕聲復誦真希的話語。

說到兩週前，比那場退休比賽還早一週以上。大概是剛好要放暑假的時期吧。當時確實看她總是很忙，整天幾乎都在外面度過……原因該不會是不方便回家吧？遙完全沒察覺她處於這麼嚴重的狀態。

瞞著我到現在嗎……遙內心深處隱隱作痛。

說到現在的明日菜，大概因為話題比想像中沉重，所以她一句話都沒插嘴，在真希旁邊搧著墊板，就只是掛著不知道在想什麼的微笑。遙決定繼續無視於她。

「氣氛變得險惡，是有什麼起因嗎？」

宙抵著下顎問。真希噘起嘴。

「我早就知道原因了。」

「是嗎？不介意的話，方便告訴我嗎？」

「……是函授的事。」

真希有點難以啟齒般地回答。遙不禁歪過腦袋。

遙當然知道真希在上函授課程。每個月大約兩次，以郵寄方式對答案，接受考試專家的指導。

不過，她和父母之間的摩擦，究竟和函授有什麼關係？

「我惹爸媽生氣了。因為我作業堆著沒寫。」

真希放在桌上的拳頭緊握。

「當時因為退休比賽之類的事情很忙，尤其是六、七月……寫函授作業的時間減少很多。我也是考生，當然知道必須寫作業，但還是以練球為優先。」

因為無論如何都想贏。真希小聲補充這一句。遙頓悟而倒抽一口氣。她感覺得到真希在那場比賽、那次打席投注的意念。本應已經平靜下來的懊悔心情，也在遙的內心甦醒。

「所以……比賽的好幾天前，爸爸罵我說『都付了一大筆學費，作業像這樣扔著不寫是怎麼回事』。不只是打電話要求停止函授課程，媽媽還叫我改去上補習班。很過分吧？用不著故意在比賽前講這個吧？而且既然拿錢出來說，我就完全無法頂嘴了。」

大概是想裝作開玩笑，真希露出笑容，聲音卻藏不住顫抖。遙不知道該怎麼回應。

這是真希獨自背負至今的重擔。身為壘球社隊長，身為獨生女，任何人都無法幫她分憂解勞。

「我自己知道函授比補習班適合我，卻沒能對爸媽這麼說。就算我說社團活動已經結束了，接下來會努力，他們也不肯聽。但也可能因為朋友幾乎都是去補習班，所以我才擔心上函授課程不夠穩吧。」

真希難受般擦拭流下的汗水。窗簾另一側傳來刺耳的蟬鳴，遙在腦中整理真希身陷的狀況。

函授課程必須自己確保念書時間，有計畫地完成作業。反觀補習班就不需要這種辛勞。補習時等同於被綁在桌子前面，所以不必擬定計畫，念書的量也會自然增加。

所以既然一樣要付錢，選擇補習班比較好。真希的父母大概是這麼判斷吧。

「我覺得啊，爸媽完全不信任我。」

真希的話語銳利如箭，插入胸口。不對，箭明明是插入真希的胸口才對，她的痛楚卻像是也在遙的胸口蔓延。

「真希……妳居然發生過這種事……」

「嗯。而且明明像這樣疏於用功，比賽卻也被我害得輸掉對吧？這也挺煎熬的。」

聽了她自嘲的語氣，遙呼吸困難。那一天，那一刻的那幅光景，又在腦中重播。

兩人出局。真希強行盜二壘被刺殺，比賽結束。

真希的錯。

不對，不是真希的錯。

但遙說不出口。因為如果說出口，就等於承認自己內心一隅認為是「真希的錯」。

而且，遙討厭為這種事苦惱的自己。

「原來如此，我明白了。」

突然間，一直默默聆聽說明的宙緩緩開口。不在乎沉重的氣氛，以鉛筆的筆尾扶正眼鏡。

「累積至今的作業分量，真的多到是無法完全消化嗎？」

「咦？函授的作業？」

真希露出稍微吃驚的表情，但她立刻搖了搖頭。

「不，我覺得不會。努力寫應該勉強寫得完。」

「那麼，問題在於說服的方式。知道作業累積至今的具體分量嗎？」

接著宙再度發問。語氣聽起來像是對真希所處的艱苦狀況與背負的重擔毫無興趣。

完全沒有同情或安慰的話語，就只是衝向解決問題的最短路徑。這應該是合理的做法，但同時也是殘酷的手段。

「等一下，宙。再怎麼說，你也太急了。」

遙將手伸到宙與真希中間，阻止兩人的對話。

「連真希不想說的事，你都逼著她說出來。最好不要像這樣接連發問……」

「這樣才好。」

這次反倒是遙的話語被打斷。不過打斷她的不是宙或真希。看向聲音傳來的方向，明日菜在真希身旁靜靜微笑。

「因為這種事，宙全都知道。」

明日菜似乎話中有話。遙的心底湧出沸騰的怒意。

明明條件是不妨礙諮詢，卻在這種時候插嘴。

遙認真想趕她走。

但是在遙說些什麼之前，宙先開口了。

「我剛才有點冒失，對不起。」

宙一臉正經低頭致歉，就這麼維持額頭貼著桌面的狀態，像是石頭般僵住。看不見他的嘴，只有聲音響起。

「不過，希望妳們理解。若用不上不下的方式安慰，真希同學不會得救。就算我們代為難過，真希同學的重擔也不會減輕。我沒有心理諮商的能力，我只有數學。但是如果需要數學，我一定幫得上忙。」

這是率直的話語。

自己擁有的東西與沒有的東西。正因為確實明白才說得出這種話語。聲音繼續響起。

「已經發生的事情無法改變。再怎麼後悔，比賽結果也不會改變。既然這樣，現在該思考的事情自然就縮小範圍。」

遙茫然注視宙的後腦勺。

看起來很殘酷，感覺沒血沒淚。

這副模樣正是比所有人率直，嚴以律己活到現在的宙。

「宙同學，抬起頭吧。」

在真希催促之下，宙以機械般的生硬動作挺直背脊。真希見狀笑了一下，但她立刻恢復為正經表情。

「我也不是抱著想向朋友發牢騷的心態坐在這裡。我想要的不是同情或共鳴，是解決的方法。」

「我知道了。那我會全力協助。」

宙扶正眼鏡。

雖然看起來比誰都冷酷，但其實比誰都溫柔。遙覺得自己第一次看見宙的這種「嚴厲」。

「把『數值』告訴我。我一定會協助妳。」

在聽得到重重蟬鳴的夏天教室裡，宙高聲宣告。

「原來如此。所以說，每個月會寄兩次作業，再依自己方便的時間點寄回去？」

「嗯。」

「然後，現在累積了三個月的作業。」

「嗯，沒錯。」

宙確認之後，真希穩穩點頭。毫無累贅的互動很像這兩人的作風。回想去年的鳴立祭，我們班能夠成功，也是多虧真希俐落完成各種工作。遙重新希望成為她這樣的人。

宙像是思考片刻般沉默，然後下定決心動起鉛筆，迅速在筆記本寫下數值。

作業＝2次／月

累積的作業量＝3個月分

遙注視並排的數值發問。

「宙，接下來要怎麼做？」

「現在累積的作業，以及今後寄來的作業。兩者加起來的分量，要訂立計畫，在考試之前寫完。」

宙雙眼發出光芒。原來如此。拿這份計畫給父母看，藉以說服，是吧？如果能得到父母的理解，真希就可以繼續上函授課程，家庭關係也會改善吧！雖然不到完全和好的程度……但肯定可以替換家裡失和的氣氛。

不過，真的能以這麼簡單的方法解決嗎？

幾乎在遙抱持這種疑問的同時，正如預料，真希面露愁容，難以啟齒般開口。

「對不起，宙同學。其實我已經試過這個方法了。」

宙從筆記本抬起頭，注視真希的雙眼。像是細嚼慢嚥般默默思考某些事。真希無力地搖了搖頭。

「可是，失敗了。即使我說已經好好計算過了，爸媽也不肯相信。」

「嗯……」

宙輕輕扶住下顎。提出的解決方法都已經試過。數學屋開張至今，首度遇到這個狀況。

「計畫是口頭告知的嗎？」

「咦？」

大概是這個問題出乎意料，真希揚起雙眉反問。遙也聽不太懂宙的意圖。

「唔，嗯，是口頭告知的。我自認已清楚說明計算的結果。」

「當時妳的父母，情感上肯定過於激動。說來遺憾，在這種時候，符合邏輯的話語大多聽不進去。」

宙緩緩伸手拿起寶特瓶，補充水分。宙這段話也令遙想到許多往事，胸口被刺得好痛。遙身為數學屋的代理店長，會提醒自己小心這一點，但還是常常失敗。明知根據邏輯，是自己的錯，內心卻可能不肯承認。尤其對方是家人的話，更容易如此。

不過，總覺得怪怪的。

「情感」明明是宙最不擅長的東西才對，話語卻莫名具備說服力。

「瞧妳一臉詫異的表情。」

明日菜忽然看向遙的臉。遙移開視線搖頭。

「沒那回事……」

「關於爭吵這方面，宙很熟悉對吧？」

明日菜露出微笑，就像是在場三名女生只有她一人理解一切。這令遙非常不甘心。

反觀宙沒特別向明日菜說什麼。他持續以鉛筆筆尾輕敲太陽穴。

「如果要說服，得盡量算準父母冷靜的時候，以簡單而且印象深刻的方法說明。」

「冷靜的時候……知道了，我試試看。」

「嗯。還有，為了讓妳的父母比較好懂，以視覺輔助說明也是一種方式。我現在開始把作業的量畫成圖表，妳拿去用吧。以半個月為一期，將一期的作業分量設為『a』。比方說現在累積了三個月，也就是六期的作業，所以分量是『6a』。」

作業＝2次／月

累積的作業量＝3個月分＝6a

宙在剛才寫的算式追加「6a」這個新數值，然後鉛筆就這麼遊走到下一行。

「如果就這樣什麼都不做，x期之後累積的作業量y，可以寫成這條算式。」

y=a[x]+6a

遙的心臟用力跳了一下。

不只是似曾相識的程度。像是兩根相對的釘書針，將x框起來的符號。對於遙來說很特別的符號。

「對我們來說，這個符號是非常重要的符號。」

「我……們？」

宙的話語使得真希蹙眉。遙還以為臉上要噴火了，不經意移開視線。宙真的是光明正大說出害臊的事。搞不懂他是大膽還是遲鈍……

話說回來，沒想到居然在這種場面登場。

「我第一次看到這個符號……這是什麼意思？」

「嗯，這是『高斯符號』。意思是『小於括號數字的最大整數』。」

[2]＝2

[1.5]＝1

[3.14]＝3

頁面的空白處迅速排列新的算式。宙寫出具體的例子，讓真希快速理解高斯符號。

小於括號數字的最大整數。

換句話說，只要以「高斯符號」框起來，任何數字都會變換為整數。「1.5」成為「1」，「3.14」成為「3」。因為小於「1.5」的最大整數是「1」，小於「3.14」的最大整數是「3」。

換句話說，[x]一定是整數。到這裡為止，都是宙去年教過的範圍，所以遙也懂。

「可是，為什麼要使用高斯符號？」

「為了要去除小數。」

宙果斷回答遙的問題。像是棒球的傳接球，自然又流暢的回應。

「比方說，經過一・五期的時候，寄到家裡的作業分量是多少？和一期的時候一樣是『a』吧？因為作業每個月只會寄兩次。然後一到第二期，作業量就成為『2a』。」

嘴與手像是不同的生物，毫不猶豫分開行動。遙感覺像是緊抓著雲霄飛車，凝視筆記本上出現的算式。

$x=1.5$

$a[x]=a$

$x=2$

$a[x]=2a$

「拿這個加上原本就累積的作業量『6a』，就是x期之後累積的作業量。寫出來是這條算式。」

宙以鉛筆指向「$y=a[x]+6a$」示意。

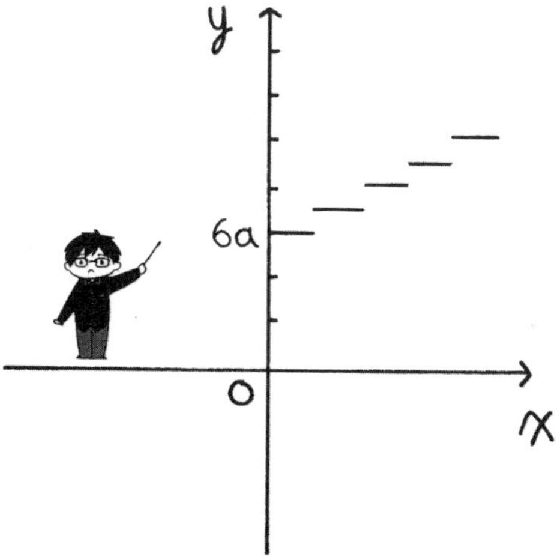

「a[x]」是接下來寄來的分量，「6a」是至今累積的分量，就是這麼回事吧。
遙點頭表示自己聽懂了。接著真希也點頭。明日菜只掛著微笑，還是看不出她是否聽懂。
「而且，使用高斯符號的算式圖形有點神奇。我想遙同學已經知道了。」
宙以鉛筆扶正眼鏡，揚起嘴角一笑。他的手逐漸編織出充滿回憶的「那個圖形」。
看起來像是斷續階梯的那個圖形。是宙在一年前畫給遙看的圖形，也是遙在離別那一天注入心意送給宙的圖形。
即使一度分離，也希望能再度並肩前進，暗中隱藏這個願望的重要圖形。
真希當然無從得知這件事。就只是佩服般瞪大雙眼。
「哇，原來有這種奇妙的圖形啊。」
「嗯。如我剛才所說，因為y突然增加，所以圖形被截斷。這叫『非連續函數』，挺有趣吧？」
宙以孩童般的純真表情說。聽到他那麼說，實在不忍心搖頭否定。「咦，嗯，很有趣。」真希連忙回答。
大概是因為獲得共鳴，宙轉為滿足表情，然後像是忽然想到般說。
「不過，妳自己計算的時候沒用到高斯符號。對吧？」
「啊，嗯，確實。畢竟我剛才也說過，這種算式我是第一次看到。」
真希以手指撫摸筆記本上排列的算式。差點忘了。消化作業的行程表，真希已經自己計算過一次。

「換句話說，其實不必這樣思考也解得出來。」

宙面不改色說出直截了當的結論。遙雖然嚇了一跳，不過聽過他後續說出的話語就自然可以接受。

「但在畫圖表的時候，無論如何都需要高斯符號。再說一次，這次的目的是說服妳的父母，也就是要進行簡報。並不是只要算出答案就好。」

簡報。

總覺得聽起來好成熟。

換言之，這次的終點不是解開問題，是向父母解說這個解開的問題。既然這樣，有圖表確實比較好。問題本身或許不用圖表就能解開，但是這樣不行。

「x 期之後累積的作業量，這樣看懂了吧？那就進行下一步，將真希同學寫作業的速度寫成算式。」

$$y=anx$$

宙說完的時候，筆記本的下一行追加了新的算式。好像看過又好像沒看過的算式。宙以鉛筆筆尖敲了敲算式。

「雖然形式有點奇特，不過這是一次函數。只是將『$y=ax$』的『a』換成『an』。圖形是直線。」

宙說完之後，在剛才高斯符號圖形旁邊加畫的圖形，是看過許多次的一次函數圖形。通過原點的直線。最單純的圖形。

「可是，這個『n』是什麼？」

遙試著率直提出疑問。感覺每次像這樣發問，時間就一步步倒回。不過實際上不可能發生這種事。時間就像是眼前的圖表不會倒退，而是筆直前進。

「我將真希同學寫功課的速度設為『平常的n倍』。」

宙緩慢說明，如同在等待眾人理解。

「正常人每期會寫完的作業分量是a，所以持續x期之後，消化得掉的作業是『ax』。如果速度成為n倍，x期寫完的作業量y就是『ax×n＝anx』。」

遙在腦中整理宙提供的資訊。比起非常討厭數學的那時候，這份工作也得心應手得多。不過一旦心不在焉就會跟不上，這一點和以前一模一樣。

如果寫作業的速度和平常一樣，也就是一倍的速度，那麼「y＝ax」。如果是平常的兩倍速度，那麼「y＝2ax」。三倍是「y＝3ax」。

所以n倍的時候是「y＝anx」，是這麼回事吧。

遙想到這裡的時候，宙忽然將雙手食指交叉。看他細長的手指無聲無息組合起來，遙不知為何內心悸動。

「在這裡，將這兩個圖形合體吧。」

宙以左手食指輕敲右手食指。

「如果這兩個圖形在中途交會，知道這個交點代表什麼意思嗎？就是『累積的作業量』剛好等於『寫完的作業量』。」

累積的作業量以及寫完的作業量。

在嘴裡輕聲說完，原本模糊如霧的輪廓，逐漸在遙的眼前清晰浮現。

「我想想……所以這是作業全部消化完的時候？」

「答對了。」

宙以鉛筆在空中畫一個大圓，接著重新面向真希。

「真希同學，妳想在什麼時候寫完所有作業？」

「這個嘛……太接近考試時期就麻煩了，所以是十二月底吧。」

「十二月底的話，還有五個月。也就是十期嗎……」

宙以周圍勉強聽得到的音量呢喃。接著他目不轉睛看著鉛筆尖端，然後突然不知道從哪裡取出直尺握在左手。鉛筆發出唰、唰、唰，像是滑行的聲音，在筆記本上畫下好幾條線。

三個女生不發一語，一直注視宙的這個行為。

經過一分鐘後，異質的兩個圖形組合起來，成為一張非常奇妙的圖。看起來像是階梯與陡坡在中途交會。

遙不經意看著這張圖，宙再度開口。

「嗯。『n=1.5』。換句話說，速度是通常的一・五倍。」

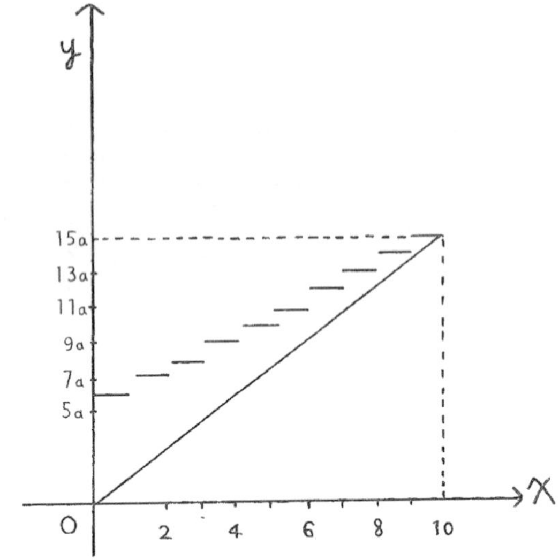

「咦？」

遙與真希幾乎同時叫出聲。猜不透話題的進展。為什麼突然就算出n值？筆記本明明沒寫像是在計算的算式，是宙省略某些步驟，在腦中計算完畢嗎？但如果是這樣，為什麼？

數個疑問在腦海捲成漩渦。如果是去年之前的遙，應該會被混亂的大浪吞沒，沉入數學大海溺水。不過現在的遙沒任憑擺布，可以冷靜分析狀況。數個疑問如同放入鍋裡的調味料相互溶合、混合，得出一個答案。

遙察覺了。解答已經近在眼前。

「原來如此，你是看圖形知道的。」

「嗯，一點都沒錯。」

宙露出有點驚訝的表情。遙暗自苦笑。不需要這麼吃驚吧？因為這是你教我的。因為我也稍微懂一點數學了。

遙再度看向筆記本上的圖表。「y=a[x]+6a」以及「y=anx」。兩種圖表的交點座標已經寫在上面，所以看座標也可以算出n。

反觀真希好像還無法完全接受。宙以鉛筆指著圖表說明。

「妳看，x增加到『10』的時候，y也增加到『15a』吧？所以x每增加『1』，y就會增加『1.5a』。換句話說，每期要以a的一．五倍速度完成作業。」

「我看看……啊，原來如此。所以不需要繁雜的計算。」

真希手指輕輕撫過宙的筆記本。圖表就像是模型。只要仔細觀察就可以省略麻煩的算式，也可以發現一些光靠計算看不見的細節。遙至今計算出錯的次數還是很多，所以圖表經常成為得力助手。

順帶一提，明日菜在真希身旁注視圖表，但是手上依然拿著墊板朝臉搧風。既然沒開口，那麼她應該是早就知道吧。

宙沒在意明日菜，繼續說下去。

「那麼，說到一．五倍的速度大約多快……假設至今每天用功三小時，一．五倍是四．五小時，也就是四小時三十分。」

四．五小時／日

宙在最下面那行加寫這行字之後，揚起視線看向真希。完全就是在觀察她的反應。真希立刻察覺視線，咧嘴露出牙齒。好久沒看見這張天真爛漫的笑容。

「我做得到。」

真希說。語氣毫不迷惘。

「因為，遙之前比我還用功吧？那我也做得到。」

語出突然，遙大吃一驚。沒想到真希會對她說這種話。

遙成為數學屋代理店長之後，確實嘔心瀝血努力至今。尤其是去年暑假，她滿腦子只記得社團活動與數學。多虧這番投入，原本是「2」的成績也終於進步到「4」。

遙認為這是理所當然的。若要成為神之內宙這個人的後繼，遙反倒認為這些努力還不夠。

不過就他人看來，好像和遙想的有點不一樣。

「我不會輸的。」

真希筆直注視遙的雙眼。被一直當成姊姊崇拜的真希這麼說，遙覺得不好意思，也感到些許驕傲。

「那麼，這樣就做好準備了。」

看過兩人的互動之後，宙轉動手中的鉛筆。

「真希同學，接下來看妳自己了。要在妳父母心情平靜的時候，找他們談這件事。還有，不必堅持n必須是一・五。可以一邊看這張圖表，一邊和父母一起找出理想的步調。」

「宙同學，謝謝你。」

真希道謝之後拿出手機，拍下筆記本上的圖。清脆的快門聲好悅耳。

「真希同學，還有一件事。」

「嗯？什麼事？」

「那不是妳的錯。」

宙的聲音彷彿是體恤。遙差點從椅子上跳起來。因為宙大剌剌提到她們壘球社所有人避談的那個話題。遙繃緊身體看著局勢演變。

不過，遙擔心的事情完全沒發生。說來神奇，明明碰觸到傷痕，真希看起來卻不覺得痛，就只是愣著不動。

——我想稱讚妳在那時候跑壘的勇氣。

比賽剛結束時，宙也曾經這麼說。宙的話語沒有華麗的詞藻，所以沒有拐彎抹角，直接說進對方的內心。

如果是現在，遙覺得自己也說得出口。甚至認為現在是唯一的機會。

「我也這麼認為。不是任何人的錯。」

鯁在喉頭，悶在胸口的想法一度消失。這是在那一天無論如何都說不出口的話語。雖然慢了點，不過多虧宙，遙得以確實將這個想法傳達給真希。

「兩位，謝謝你們。」

真希臉上浮現的，是如同放下肩膀一個重擔的安心表情。遙知道，真希現在這樣沒問題了。

清涼的沉默降臨悶熱的教室。遙覺得筆記本上的算式群像是唱著無聲的歌。解開問題之後的特有氣氛。這是遙最喜歡的時間。

即使如此。

啪啪啪……

如同從外側攪亂這股氣氛，毫不客氣的掌聲打破沉默。

「原來如此。這就是數學屋啊。」

明日菜臉上照例貼著淺淺的笑容，緩慢拍手。正品味著這股餘韻卻遭打斷的遙噘起嘴，但明日菜看都不看這樣的遙一眼。

「以數學之力解決煩惱。我聽到這句話的時候半信半疑，但現在接受了。」

「真是謝謝妳啊。」

遙介入宙與明日菜之間，故意以冷漠語氣回應。即使如此，明日菜也絲毫沒露出不悅表情，只掛著看不出底下表情的微笑。

真的是令人發毛的女生。

遙感受到和盛夏不符的寒意，打了一個冷顫。宙喝了一口茶。「啊啊，對喔。」他輕聲說。

「這是第一次讓妳看見我以數學幫助別人吧。」

「嗯。但我聽大智口頭說過。」

明日菜將墊板收進包包。遙默默皺眉。

大智？

大概是這兩人共通的朋友吧。

「他經常罵我喔。說什麼光是解開問題，世界並不會改變。」

「原諒他吧。那個人是因為自己討厭數學才說這種話。」

「哎呀，聽起來真不是滋味。」

宙與明日菜將遙與真希晾在一旁繼續聊。遙的內心冒出焦慮，卻無計可施。真希也坐在明日菜身旁靜靜觀察狀況。

明日菜就這麼繼續聊著遙聽不懂的話題，好一陣子後，忽然問宙這個問題。

「所以呢？在大磯這裡要解決的問題都結束了嗎？」

「嗯，可以了。」

宙小心翼翼闔起筆記本。「啪噠」的聲音聽起來像是斬斷某種東西……遙被一種像是腳底出現大洞的感覺襲擊。她連忙低頭看，不過當然只看見正常的教室地板。

「我會遵守約定。走吧，前往東京。」

宙雙眼蘊含堅定意志的光芒。遙回神看向牆上時鐘。不知何時，時間將近正午。

「不妙，我得走了。」

宙看向時鐘，然後將鉛筆收進胸前口袋，筆記本、直尺與寶特瓶收進包包。一時之間，遙差點想開口慰留，卻打住這個念頭。這是早就知道的事。宙今天只空得出上午的時間。

而且，明天是離開這裡、前往東京的日子。

時限已到。

明明在短短兩、三分鐘前，還在面對相同的問題，現在，遙甚至覺得自己和宙的心之間，正每分每秒逐漸遠離。

「謝謝。」

彷彿隔著窗戶之類的物體，遠處傳來這個聲音……遙這麼想，但其實是身旁的宙對她說的話語。遙不知道該做何反應，心臟撲通撲通跳。宙稍微瞇細雙眼。

「多虧妳，我待在大磯的這段期間過得很快樂。」

「嗯……」

遙驅動乾燥的喉嚨，勉強如此回應。在這之後，只有寂靜在兩人之間擴張。經過一段長長的時間，宙默默起身。

到最後，宙還是什麼都沒說。

不對，不是這樣。

我也是什麼都說不出口。

宙走出教室。明日菜追了過去。遙默默目送兩人的背影。

明明可以跟過去。反正走到正門的路是同一條。

一個聲音在遙的內心低語。

要怎麼做？

另一個聲音反問。

沒人回答這個問題。

隔天的星期日，遙什麼事都不想做，就只是在發呆，太陽不知何時東升，不知何時西沉。宙不在大磯了。想到已經前進的時間，想到已經爬上的階梯，遙將臉埋進枕頭。當她回神的時候，星期一已經來臨。

現在是暑假，所以當然不用上學。遙沒上補習班，社團也已經退休，所以找不到特別該做的事。即使坐在桌前打開課本，內容也裝不進腦袋，甚至令她懷疑課本是否真的是用日文寫的。遙放棄用功，穿上制服前往學校。雖然豔陽高照，但是走在路上也不太覺得熱，大概是身體機能麻痺了。

學校是這麼黯淡的灰色嗎？遙記憶模糊，想不起來。她半恍神上樓前往教室。走廊鴉雀無聲，完全沒有他人的氣息。如同迷路闖進不再使用的廢棄校舍，不可思議的感覺。遙輕飄飄踏步向前。

走到三年C班前面的時候，遙忽然停下腳步。一名男學生靠在教室窗邊。遙對他高大的身軀與三分頭有印象，輕輕踏入門後。

大概是察覺腳步聲，這名男生轉過身來。果然沒錯，是翔。短袖襯衫與制服長褲。腳邊放著比平常小很多的包包。

「喲，是妳啊。」

「你在做什麼？」

「沒做什麼。只是在看操場。」

翔愛理不理回答之後，再度看向窗外。遙也走到窗邊，循著他的視線看過去。足球社正在操場練習。

翔為什麼在這種地方？遙原本算準棒球社今天要比賽。

「我問你，比賽呢？」

「昨天輸了，所以今天沒打。」

「是喔。」

遙冷淡回應。雖然多少感到意外，卻不是很驚訝。即使是棒球社也無法永遠贏球。總有一天必定會迎來終結。只不過這一天是昨天罷了。

「辛苦了。」

「啊啊。」

對方也只做出冷淡的回應。一如往常的翔。輸球造成多大的打擊，老實說，遙感覺不出來。同年級的女生會慰勞，所以遙覺得他應該可以再害臊高興一點。這傢伙真的一點都不可愛。

翔就這麼面無表情，冷漠注視足球社追著黑白相間的球，輕聲呢喃。

「我們原來一直在那麼小的地方跑來跑去啊。」

說來意外，他好像變得感傷。足球社的某人射球，球撞上門框彈跳。

「這座操場很小，這種事從以前就知道了吧？」

「是啊。所以我們當時每天吵架。」

翔懷念般瞇細雙眼。然後他不知道突然想到什麼，轉頭環視周圍。教室裡除了他們兩人就沒有任何人，沒有任何一隻蟲子。只有四十組桌椅各自默默佇立。

「國中要邁向尾聲了。」

「還有半年喔。」

「已經等於沒有了。對我來說，棒球等同於我的國中生活。」

雖然說得很極端，卻沒有自暴自棄的感覺。實際上還有十月的鳴立祭，在這之後，學校生活也會持續到畢業典禮。不過這一切看起來都微不足道，棒球在翔心目中的分量就是這麼大吧。

「不過，你上高中還是會繼續打棒球吧？」

「是啊。妳不打壘球嗎？」

「不知道。」

「這樣啊。」

最底限的回應。平常遙在這時候總會不高興，今天卻不知為何，內心的某個自己覺得被這股冷漠拯救。遙站在翔的身旁暫時不發一語，眼睛追著接連傳出去的球。操場看起來真的很小。

「國中生活什麼都不剩了。」

翔再度逕自這麼說。遙完全沒回應，但他好像也沒特別期待附和，順著自己的意思擅自說下去。

「身為隊長率領棒球社，獲得的是三張地區大賽獎狀。而且上頭也沒寫我的名字，肯定會收進社辦深處就此結束。實際留在手中的東西，連一個都沒有。」

「或許吧。」遙回答。雖然落寞，但她認為翔說得對。

能以體育成績保送高中就算了，如果沒有保送，國中的社團活動就沒有任何直接的助益。即使在地區大賽奪冠，或是在第一輪敗北，日常生活都維持不變。遙她們也是這樣。那天無論是否打贏八重咲，都不會影響升學考試，人生肯定也不會改變。

對於父母國中時代的社團活動，遙幾乎一無所知。連家人都這樣……等到長大成人之後，國中時代的比賽勝負，大概連話題都當不成吧。

「……不過，我覺得無形的東西比較重要。」

遙看向湛藍清澈的天空說。翔就這麼看著相同方向沒轉頭。

翔在棒球投注的心意，遙無法理解。同樣的，遙內心懷抱的悔恨，以及她和同伴的情誼，別人也肯定無法理解。這當然也可以套用在數學屋與宙的事。

暫時像是在想心事的翔，最後說聲「或許吧」笑了。然後首次對遙露出略感興趣的表情。

「話說回來，妳在這裡做什麼？」

「沒什麼。只是莫名提不起幹勁，過來散散步。」

「是喔，發生了什麼事嗎？」

「哎，不是什麼大事。」

遙嫌麻煩，所以想適度敷衍。同時，腦海掠過宙離開教室的背影。像是以絲線捆綁心臟勒緊的痛楚襲擊而來。遙忍不住按住胸口。

「不，還是說出來吧。聽我說。」

「真拿妳沒辦法。」

翔不耐煩般靠在窗邊托腮。拿禮貌的事情對這傢伙抱怨，和對著蟬說「吵死了給我閉嘴」一樣沒意義。遙不以為意，坐在身旁的椅子，逐一取出悶在胸口的話語，輕聲說出口。

來自東京的明日菜。她好像知道許多遙不知道的宙的事情。約定。謊言。什麼都沒講清楚就離去的宙。

遙想到什麼說什麼，依照想到的順序說出口。前後的關聯性也亂七八糟，大概很難聽得下去。即使如此，直到遙說完，翔都沒插嘴，專注聆聽。

「宙對妳說謊啊……」

聽完大略的說明之後，翔搔了搔三分頭。

「我不懂。像他那麼正直過頭的人也很稀奇吧？」

「我原本也這麼認為。」遙反射性地差點同意，最後還是搖頭。「但是也因為這麼想，所以內心受創更嚴重。」

從口中發出的是無力的聲音。遙不太想讓這個男生看見軟弱的一面，但她甚至沒力氣虛張聲勢。原本以為踩得很穩的腳步如今蹣跚搖晃。

「那麼，妳真的認為宙在說謊？」

「嗯。因為他自己就是這麼說。」

「那麼，如果宙說謊，妳認為是說哪種謊？」

「我不知道……但我認為他至少不會說數學相關的謊。」

「真的是這樣嗎？」

如同試探的說話方式。雖然戶外吹入一陣風，但他的頭髮沒有長到隨風飄動。

「你問我『真的是這樣嗎』……這是什麼意思？」

「宙對於數學抱持堅定的信念。對吧？」

如同從腦中拉出自己的想法，翔以慎重的語氣說。

「正因如此，所以一度說出口的事情，不能輕易改口。」

「是這樣嗎？」

「嗯。如果那傢伙說謊，應該是這種束縛自己的謊言吧？」

束縛自己的謊言……

遙沒這麼想過。翔偶爾會說出莫名艱深的事。就像是因為一直被拿來和傑出的哥哥比較，所以只有內心某個部分先長大成人。翔不時會展露這一面。這個時候也是如此。

「你為什麼會這麼認為？」

「因為男生都這樣。」

「哇，是喔。」

遙興趣缺缺，隨口附和。但她實際上也覺得翔說中了。遙不喜歡「因為是男生」或「因為是女生」這種說法，不過有時候也必須套用這種思維。

在這之後，兩人暫時完全沒交談。遙心不在焉坐在椅子上，任憑及肩的頭髮隨風飄動，翔只是動也不動眺望操場。彷彿忘記彼此存在的百分百沉默。
然後，如同輕輕去除這層成為薄膜覆蓋的寂靜，遙輕聲呢喃。
「欸。」
「嗯？」
「翔……你有喜歡的人嗎？」
「沒有。」
「那麼，曾經有嗎？」
「問這種問題要幹麼？」
翔就這麼看著窗外反問。我問這要幹麼……遙答不出來，翔轉頭隔著肩膀看她。脖子上的汗水在陽光下閃閃發亮，像是寶珠般美麗。
「我剛才說過吧？什麼都不剩了。」
翔瞇細雙眼輕聲一笑。看見這張表情的瞬間，遙不知為何感覺胸口一緊。這不是開心或快樂之類的單純笑容。
光是這樣，遙就知道一切。她懂了。
「……這樣啊。」
其實，應該更早察覺的。
或者，應該永遠別知道比較好。
「……對不起。」

「別道歉啦。這樣不就像是我被甩了？」

「啊啊，對喔。說得也是……」

遙勉強只回應這一句。至今所看見翔的無數身影掠過腦海。一起進樹林找球的翔；協助設計拱門的翔；傳授揮棒訣竅的翔。

翔態度總是冷淡，但他總是站在遙這一邊。

「妳在哭什麼啊？」

「我沒哭。」

「妳在哭吧？」

「就說了，我沒哭……」

遙忍著嗚咽，粗魯擦拭雙眼。翔的視線溫柔得不同於以往，所以更令她難受。

一無所知的足球社，不時從操場傳來吆喝聲。悠閒的蟬群以像是故障收音機的聲音鳴叫。

不對，不是這樣。

一無所知悠哉度日的是我。淚水混合汗水，眼角好痛。

像是對於明日菜的嫉妒，或是心中缺乏的自信。感覺這種東西微不足道。

我現在不該被這種事囚禁。這是奢侈的煩惱。比起翔的煩惱，這種煩惱小得多……

「去追吧。」

「咦？」

「去追宙。和那一天一樣。」

翔拉起單邊臉頰露出笑容。一如往常勇敢無懼的態度。這個人好堅強。比我堅強太多太多了。

「……嗯。」

既然這樣，我也不能裹足不前。差點毀壞的心被光芒籠罩，逐漸回復原形。

遙再拭淚一次，輕輕低頭看向自己的手心。以砂子堆成的國中生活，被名為時間的波浪捲走，隨時會消失。翔說的沒錯，之後什麼都不剩。

要是維持現狀，就不會剩下任何東西。

不能把這一切當成幻影。

即使什麼都不剩，也不能當成沒發生過。

「……我找找看。」

「找什麼？」

「宙同學說了什麼謊言，我想找出來。」

「這樣啊。可是，妳有線索嗎？」

「這……」

遙猶豫著低下了頭。但是不能在這裡停下腳步。因為不想後悔。既然迷惘就邁步向前。遙是這麼決定的。

為了宙，為了我自己，也為了翔。

不能就這麼停在原地。

「有。」遙以細微卻隱含力道的聲音說：「線索在我的腦中。」

翔已經恢復為一如往常面無表情的冷淡模樣。只像是自言自語反覆說「這樣啊」，再度低頭看向操場。遙以恢復力氣的雙腳迅速起身。

既然知道對手是數學，就不該轉身背對逃離，或是害怕到卻步。

——數學絕對不會背叛我們。

宙不知何時說過的話語浮現在遙的腦中，然後再度消失。

遙向後轉，走向教室門口。前往走廊之前悄悄轉頭，看見翔靠在窗邊的背影。看起來比想像中的小了一點點。

風迎面而來，眼角火辣生痛。

「……翔。」

遙現在終於明白了。這個人也確實是我的好友。

至今如此，今後也是如此。永遠永遠。

「謝謝你。」

翔頭也不回，揮動右手代替回應。一如往常的冷漠舉止。

上次窩在圖書館這麼久，不知道是什麼時候的事了。

遙走在無數書本之間這麼想。

書可以堆砌幾百年、幾千年的歷史。如同見證人類的繁榮與衰退，依然永遠堅強矗立的巨木。書吸收人賴世界的所有過往，以鉛字的形式蓄積。

遙來到「數學」的書櫃，雙手盡量抱滿書本，確保附近的座位，一本接一本閱讀搜尋。不同於國中的圖書館，這些盡是適合成年人閱讀的書，每一本對遙來說都太難了。即使如此，她還是勉強可以分辨書上的公式與定理，是不是宙教過她的東西。

這是獨自專注走在數學森林裡的行為。路途崎嶇，遙沒有適當的工具與知識，光走三步就非常辛苦。還以為終於找到看起來好走的路，路旁卻突然竄出野獸，嚇得一屁股跌坐在地。戰戰兢兢起身確認沒危險之後，再度踏出腳步。

遙要在這座森林尋找的果實只有一顆——宙所說謊言的線索。

和翔交談過的當天，遙就開始調查。她坐在圖書館角落的座位，一直專注翻閱著數學書籍。

質數。無限。宇宙。

黎曼猜想。龐加萊猜想。歐拉猜想。

宙昔日對她說的知識如同路標，在數學森林各處發光。其中肯定有某個是假的。看似發光的魔法果實，其實只是老舊的電燈泡。遙謹慎定睛注視，想看出宙的謊言。

但在看完幾本書的時候，完全找不到和宙的說明產生矛盾的記述。

「是調查的方式不對嗎……」遙闔上厚重得像是磚塊的書，輕聲呢喃：「還是因為我太笨了？」

老實說，遙覺得兩者都有可能。不同於國中的圖書館，鎮立圖書館很大，藏書也大多厚重。除此之外，內容也都以艱深的數學用語寫成……所以就像是不帶地圖就莽撞上路尋寶。不只如此，尋寶地點還是不知道多麼深邃的昏暗森林。

查著查著，告知閉館時間的音樂開始播放，遙回神抬頭。從窗戶看見的天空已經變成深藍色。感覺腦袋深處隱隱作痛的遙走出圖書館。微暖的風將臉頰撫摸得不太舒服。遙沿著等距離設置的路燈趕路回家。

「我回來了。」

「歡迎回來。今天真晚。」

「嗯，我在圖書館念書。」

遙如此回答之後，媽媽露出笑容說：「這樣啊，畢竟妳是考生。」

「晚餐再等一下，我準備好吃的給妳吃。」

「嗯。」

遙的內心變得有點愧疚。她剛才所做的事，在考試時大概完全派不上用場。即使媽媽為她做好吃的飯菜，大腦也只會利用這些營養，為遙自己的任性而運作。

不過，不能敗給罪惡感。

因為遙一定要找到。

找到宙說的那個謊。

在吃晚飯前的短暫時間，遙在自己房間讓大腦休息。忽然間，她想用ＬＩＮＥ傳訊息給翔，但她不知道該說什麼，到最後還是放下手機。

隔天，遙也是一大早就窩進圖書館。在不認識她的人眼中，她看起來或許像是被什麼東西附身。她就是如此聚精會神翻查著數學書籍。

其中也有許多書籍，以遙國中程度的知識完全翻不下去。不過看不懂的話也好。因為既然是遙沒聽過的數學，那就是宙沒教過的數學，和宙的謊言沒有關係。

問題在於「好像聽過又好像沒聽過」這類型。覺得好像是看過的路，也覺得第一次走這條路。在這種時候要是操之過急往前走，會暗藏著再也回不到相同場所的危險性。在錯綜複雜如同迷宮的道路上，遙耐著性子一步步前進。

看完第一本的時候，按照慣例，像是一塊大石頭壓在背上的疲勞襲擊遙。再怎麼走都看不見終點。

第二天也沒得到任何線索。

到了第三天。

「咦，遙？」

數學書籍在兩側堆成高塔，遙坐在桌前專心看書的這時候，有人在一旁叫她。雖然音量小到不會傳到四周，但因為事發突然，造成像是氣球在耳邊破掉的震撼。遙克制自己別從椅子蹦起來，反射性地轉頭看去。

長長的黑髮，嬌細的身體。站在那裡的是聰美，甚至感覺得到冰冷的雙眼看著遙。提著兩人份的書包，如影隨形跟在聽美身後的是秀一。

遙感覺超久沒見到這兩人。但她在數學屋臨時開張的那天在學校見過聽美，曾經和秀一一起收割玉米。明明頂多是一週前的事，卻覺得經過幾十年那麼久。遙這幾天思考的事情就是這麼多。過於緊湊的學習，似乎有著拉長時間的作用。

「嗨，兩位來做什麼？」

「當然是來用功的，畢竟是考生。」

秀一間不容髮地回答。他稍微噘嘴，像是想問遙為何問這種理所當然的事。遙輕輕嘆了口氣。

聽美與秀一是鄰居，從小一起長大。去年聽美陷入拒絕上學的狀況，原因就在於包含秀一在內的奇妙三角關係。看他們對彼此有好感，遙以為兩人肯定交往了……然而不知道是秀一沒膽還是聽美吊他胃口，總之好像依然是兒時玩伴的關係。反正兩人對此似乎都沒什麼不滿，所以遙繼續旁觀。肯定遲早會順其自然吧。

「看，聽美同學，妳也要向遙同學看齊。她在看這麼多書，對吧？」

秀一顧慮到旁人，輕聲細語這麼說。「好啦好啦。」聽美瞥向遙兩側堆積的書籍，以冷淡的聲音回應。

「秀一，雖然你這麼說，但是你第一學期的成績比我差吧？必須向遙看齊的應該是你吧？」

「唔……話是這麼說……但我是被體育與美術拖累的。考高中要用的五個科目成績很好。這方面的念書計畫萬無一失，順利進行中。」

「是喔。不過升學考也和校內評鑑有關，所以第二學期在實作科目也要努力喔。」

聽美打趣般露出笑容，秀一隨即變得消沉。在東大磯中學，能在話術上勝過秀一的人，大概只有聽美吧。

「不提這個，快去占位子吧。」

「啊，說得也是。那我過去那裡。」

輕聲交談之後，秀一就這麼拿著兩個書包，消失在書櫃之間。即使是耿直又嘮叨的秀一，在聽美面前也是百依百順。

應該說，他看起來像是隨從。

遙總覺得突然可憐起秀一來了。

聽美默默目送秀一離去的背影。她的胸前口袋露出吊飾，今天是巨大的烤雞肉串。聽美的品味果然無法理解。

「上次謝謝妳。」

「啊，嗯。妳爸爸還好嗎？」

「勉強算好。他現在晚上睡得著了，真的很沒膽。」

「這樣啊，太好了。」

遙鬆了一口氣。也就是說不用擔心他在複檢之前病倒了。

聽美撥起亮麗到令人羨慕的黑髮。

「我後來也自己查過，果然和宙同學說的一樣，健康的人接受那個檢查也經常查出問題。」

「哎，總比相反來得好。要是真的生了病卻沒檢查到就糟了。」

遙如此回應之後笑了。記得叫做「貝氏定理」。宙在數學這方面不可能出錯，但是事情像這樣按照計算的結果進展，果然令人開心。

……想到這裡，遙內心一陣刺痛。在記憶中冒著白煙的未熄滅火種，受到一點刺激就開始燃燒，成為蛇的形狀胡亂翻滾。

宙不可能出錯。但是，宙說了謊。

違背想像的現實，從身體內側燒焦遙。

而且，聰美又說出像是拿槌子重毆遙內心的一段話。

「這麼說來，葵與浩介學長的事，妳聽說了嗎？」

「咦，什麼事？」

「他們兩人可能會分手。」

「啊？」

遙忘記這裡是圖書館，頂開椅子站起來。聰美將食指移到嘴巴豎起，遙滿臉通紅，再度坐下。在這段期間，遙受到的震撼也沒消失，身體直到骨子裡都持續被晃動。

「明明看起來感情那麼好，到底是為什麼？」

「在我們面前當然不會吵架吧。高中生與國中生，各方面都會湊不上的樣子。」

聽美輕聲細語回應。之前遙確實聽葵本人說過。能見面的機會減少許多。上次在教室見到她的時候，明明沒有這種感覺……

遙將手指按在疼痛的額頭。

「聽美，妳早就察覺了？」

「完全沒有。我嚇了一跳。」

「我想也是。」

明明是自己的聲音，聽起來卻極度陌生。腦袋好像快爆了。遙搖了搖頭，想消除作嘔的感覺。桌子左右搖晃。

遙帶著嘆息開口。

「為什麼……情侶分手應該很常見才對。」

「嗯。」

「可是聽到認識的人要分手，就會捨不得。」

「是啊。」

「尤其是他們兩人……因為我老覺得他倆會永遠恩愛。」

遙感同身受，現在也是心痛欲裂。不，實際上並非和自己無關。這不是隔岸觀火，失火的是鄰家。

戀愛是不穩定的情感。這個事實再度擺在遙的面前。

「話說回來，妳在做什麼？查資料？」

「咦……？啊，嗯，查點東西。」

遙換個表情掩飾，馬虎回應。但是聽美視線迅速一掃，立刻察覺不對勁。

「妳的眼睛下面冒出黑眼圈了。該不會在硬撐吧？」

真敏銳。

遙不禁畏縮。

還是說，自己的臉蛋已經慘到一眼就看得出來？遙感到難為情，試著轉移話題。

「真要這麼說的話，感覺秀一也在硬撐。聽說他很忙。」

遙看向秀一離去的方向。實際上，依照聽到的傳聞，秀一好像忙得不可開交。他是鳴立祭的執行會長，也以管樂社指揮的身分，再三練習要迎接最後的演奏……而且當然也是考生。

聽美就只是輕聲一笑。

「秀一？那傢伙沒關係。他是自己喜歡才這麼做的。」

與其說是冷言冷語，更像是因為信賴才說得出口的話語。

「不過，妳看起來不像這樣。」

感覺內心深處的門扉被輕敲，遙停止呼吸。

我看起來，不像是自己喜歡才這麼做的？

那麼，我這麼做是為了什麼？

遙在內心自問。從任何地方都得不到答案，遙默默低下頭。聽得到聽美輕聲嘆氣。

「我並不是在責備妳。只不過，和那時候比起來，妳現在是以非常嚇人的表情面對數學。」

「那時候？」

「對。測量地球和月亮距離的那時候。」

聽到聽美這麼說，遙抬起頭。去年十月的鳴立祭。在數百名觀眾面前占據舞台，嘗試測量地球和月亮的距離。在遙的人生中，當時確實是她覺得最享受數學的時光。

不過，拿現在和那時候比較，感覺有點極端。

遙猶豫是否要這樣指摘的時候，聽美繼續開口。

「我不喜歡放任事情曖昧不明。就這麼不知道喜歡還是討厭就往前走，我覺得肯定會在某個地方摔倒。妳覺得怎樣？」

「就算問我覺得怎樣……」

遙無法回答這個問題。她當然喜歡數學，但是她現在面對的是數學嗎？還是單純要滿足自己，只是在勤快耗費不必要的精力？遙覺得自己孤零零在森林裡失去了方向。

聽美單手把玩著胸前口袋垂下的烤雞肉串吊飾。

「就我看來，妳正在面向後方倒著走。明明不想前進，卻只是勉強動著雙腳。」

顧慮到館內的其他人，聽美輕聲細語。即使如此，還是足以經由圖書館內的寧靜空氣，撼動遙的耳膜與內心。遙再度低下頭。

「……我不知道。」

不確定這個聲音是否傳達給聰美。也不清楚這句話是否是對某人說的。令耳朵生痛的沉默，妨礙空氣的流通。

現狀大概維持了一分鐘。遙頭上突然傳來冷淡的聲音。

「那麼，我先走了。」

聰美轉過身去。現在的遙感謝她如此冷漠。要是她追根究柢問下去，遙的腦袋將會裂成兩半。

或許是在關心我。

遙心不在焉目送聰美消失在秀一剛才離去的方向。

昔日遙協助過的女生，如今這麼擔心遙。遙甚至沒力氣感到丟臉。

看起來不像是自己喜歡才這麼做。

遙在腦中複誦這句話。

她不懂。她確實不是自己喜歡才處於現在這種狀況，不過至今也有許多辛苦的場面。例如製作「戀愛不等式」的時候。

$$X<PY_1+(1-P)Y_2$$

一年前，遙與宙花費不少心力才製作出那段不等式。而且心想算式完成沒多久，就面臨別的問題……無法以「當時好快樂」這種單純話語來形容的事件接連發生。

但是，大功告成了。

這條路或許不值得稱讚，這個方法或許絕對不算聰明，但是遙他們將「戀愛」與「數學」這兩個看似距離最遠的東西，成功連結在一起。

戀愛與數學。

戀愛與……數學？

這麼說來，剛才好像也在哪裡看過……

遙感到不對勁，從身旁堆高的書山抽出兩、三本，大致檢視目錄。終於找到疑似相關的項目之後翻閱內頁。這本書——《世界史裡的數學》，引用了十八世紀著作《為淑女而寫的牛頓哲學》其中一節。

我不得不這麼想……和時間或空間的距離平方成反比……這或許也可以認定是愛情的公式吧。因此要是相離八日，愛情會剩下第一天的六十四分之一。

這是書裡登場的侯爵夫人台詞。即使是情侶，如果兩人的距離是兩倍，愛情就成為「$\frac{1}{2^2}=\frac{1}{4}$」；距離是三倍，愛情就成為「$\frac{1}{3^2}=\frac{1}{9}$」。時間上的距離或是空間上的距離都適用。

「愛情和距離的平方成反比……」

遙輕聲說，音量小到好不容易才只傳到自己的耳中。接著她輕輕歪過腦袋。

「感覺不太對……」

應該說，我希望這是錯的。遙在內心補充這一句。因為如果這個說法正確，遠距離戀愛就不成立。何況遙與宙平常分別在大磯與波士頓，相隔一萬公里遠。

距離一萬公里，所以和距離一公里的時候相比，$\frac{1}{10000^2}$。

也就是一億分之一？

不可能這麼荒唐。

遙像是要甩掉鈍重的疼痛般搖頭，視線掃向這段文字前後的部分。這不是數學專業書籍，是歷史方面的讀物，所以比較可以順暢閱讀。

……果然。這本《世界史裡的數學》也是這麼寫的。十八世紀的時候，女性好像大多沒學習數學，所以要插入這種「比喻」比較好懂。侯爵夫人的想法果然稱不上正確。

遙當然也知道。人比較容易理解情感層面的說法。想知道內心為什麼小鹿亂撞的時候，即使不明白其中的道理，如果聽別人說「這就是叫做『喜歡』的情感」，普通人都會接受。

是的，普通人會接受。

宙不是普通人。連這個模糊籠統的世界，他都想以數學清楚說明。如同要讓世人知道，這個世界的一切都能以數學說明。

遙「啪咚」闔上這本書。她站起來伸個懶腰，再度踏入數學書櫃之間。

宙說過，這個世界沒有數學解不開的問題。無論是任何問題，他都會以自己的力量解給遙看。正因為有這句話，遙才得以走到這一步，得以追著宙的背影走到現在。

欸，真的有意義嗎？

遙的內心一角，另一個自己對她這麼說。

找出宙的謊言。做這種事到底對誰有好處？

遙不知道。自己在這裡掙扎的意義；尋找宙謊言的理由；翔的溫柔笑容。以為很重要的事物，相信是確實存在的事物，如今遙全部搞不懂了。

「……嗯？」

就在這個時候。

書櫃一角。這本書像是被所有人遺忘，被趕到邊角存放。藍色的書背，銀色的字。裝訂不甚起眼的這本書，是書名吸引遙的注意力。

「不完全的……數學？」

內心一陣喧囂，突然喘不過氣。

不只是「相信的事物崩毀」這麼簡單。發現這本書的瞬間，遙的世界顛倒了。

——就我看來，妳正在面向後方，倒著走。

或許別找到比較好。遙認真這麼想。

解答三

「神之內同學」成為「宙」的日子

「我爸媽現在吵得天翻地覆，現在進入家裡會遭殃。」

在公寓前面徘徊的宙，向明日菜與大智這麼說明。強風像是搔抓皮膚般吹拂。看著神之內手插口袋縮起身子，大智帶著嘆息開口。

「就算這麼說，待在這裡會感冒吧？」

「不一定會感冒。」

「混蛋，不要連這種時候都說歪理。你這傢伙如果感冒請假，還有誰能送講義到我家啊？跟我來。」

大智不耐煩地抓住神之內的手，像是拖著他在路燈下大步前進。明日菜連忙跟上。走了幾分鐘，來到一間速食店。穿過自動門，溫暖的空氣前來迎接，彷彿另一個世界。三人隨便找個位子放鬆坐下。

「拿去，我請客，要感恩啊。」

大智端來三杯熱可可放在桌上。「哇，謝謝！」明日菜開心不已，立刻伸手要拿杯子，不過因為稍微過燙而立刻縮手。

反觀神之內就這麼微微低頭，目不轉睛地注視杯子冒出的蒸氣。

「可可這麼稀奇嗎？」

「嗯。又甜又溫暖的飲料，我沒什麼機會喝。」

神之內頗為正經地回答大智的問題。「是喔。」大智隨口附和，喝了一口可可，然後一臉疑惑地再度發問。

「所以？你爸媽為什麼吵架？」
「不是什麼重要的原因。」
「一如往常？」
「對，一如往常。」
神之內像是在試毒，喝了一小口可可。大智聳了聳肩，反觀明日菜還沒掌握狀況。
「我爸是個非常奇怪的人。雖然擔任數學教授……不過一旦開始思考問題，就變得非常神經質又容易生氣。光是稍微發出聲音，就會被他破口大罵。」
說得像是置身事外。明日菜悄悄使眼神，大智默默點頭。看來這個人早就知道這件事。
「所以我媽也累積不少壓力。感覺她看起來很累，平常老是在抱怨。只要我在家，就會拿我當出氣筒。」
「嗯。就算問我外出的理由，只要我說要去念數學，他們終究不會嘮叨。」
「是喔……」明日菜噘起嘴。總覺得這個爸爸比兒子麻煩好幾倍。要是和這種人生活，難免會累到想亂發脾氣吧。明日菜有點同情神之內與他的母親。
「神之內同學，你平常也是一大早就來念書，原來這麼辛苦啊。」
「只要習慣就算不了什麼。」
神之內看起來面不改色，所以明日菜沒繼續多說什麼，就只是默默拿起自己的杯子飲用。明明是甜的可可，卻覺得喝不出味道。
三人暫時默默相對。店裡客人滿多的，一群群穿制服的國高中生和朋友快樂聊天。他們以那種方式消磨時間。回憶風平浪靜的日常生活，說出來一起歡笑。光是這樣，今天就心滿意足，繼續邁向明天。

每天如此反覆，明日菜不喜歡這樣。女生相互搏感情或是共鳴之類的，她不喜歡這種東西。明明不想同意卻硬說「我懂！」點頭回應，明明沒興趣卻被逼著說「真的假的？」跟上話題，她差不多厭倦這種行為了。不知何時臉上只會掛著笑咪咪的表情，這應該也是原因之一。

周圍不斷交相傳來雜音。明日菜快要對此感到不耐煩的時候，神之內突然拿出筆記本。

「怎麼了？要用功？」

「不，我有點在意一個東西。」

神之內輕輕伸直右手食指。明日菜與大智也看向他手指的方向。那裡只有入口的自動門，沒有任何稀奇的東西。

「怎麼了，你說有什麼東西？」

「價目表。」

神之內眉頭動也不動如此回答。仔細一看，入口附近確實掛著大大的價目表。漢堡與薯條的照片看起來比實際上好吃兩倍左右。

神之內愉快地開始在筆記本寫數字。

「依照餐點的搭配，價格與熱量會怎麼變化，令人很好奇吧？」

「不，我沒什麼興趣。」

明日菜老實回答。與其說「沒什麼興趣」，應該說完全沒興趣。不過神之內應該是迴避夫妻吵架逃到外面念書，才逐漸養成這種習慣，她想到這裡就覺得有點哀傷。

即使被直接否定，神之內看起來也沒受打擊。他以非常工整的字體並排寫下好幾個三位數的數字，隨即瞇細眼鏡後方的雙眼。

「價格這樣就寫好了，不過熱量的字太小，從這邊看不見。白石同學，你看得見嗎？」

「你阿呆嗎？別亂說。」

大智立刻回答，所以明日菜代為定睛凝視，但還是辨不到。明日菜視力不差，但是距離有點太遠。

「沒辦法了，走過去寫吧。」

「不，等一下，會妨礙別人吧？給我稍微思考一下。」

神之內正準備起身時，大智按住他的肩膀。確實，價目表就在門口旁邊，如果沒什麼事卻霸占那裡，自動門就會一直開著，導致寒風不斷灌入。這麼一來會妨礙店家做生意。

神之內面露不滿。此時大智不知道想到什麼，咧嘴一笑。

「對了，你戴上這個看看。」

大智摸索自己的書包，取出一個塑膠盒。打開一看，裡面放著黑框眼鏡。明日菜歪過腦袋。

「這是……大智的？」

「嗯，我在家裡戴的眼鏡。因為很老土，所以我在外面是戴隱形眼鏡。」

大智一邊將眼鏡遞給神之內，一邊害臊地說。銀色耳環派上黑框眼鏡確實不搭吧。明日菜至今從來沒看過他戴眼鏡，原來是這麼回事。

「嗯，謝謝。」

神之內接過眼鏡，從各個角度觀看之後道謝。他以雙手將眼鏡拿到臉上。

咦？等一下。

可是這個人已經戴著自己的眼鏡……

明日菜還沒開口指責，神之內就戴上大智的眼鏡了。正確來說，是將大智的眼鏡抵在自己的眼鏡前面。

該怎麼說，這副模樣何其滑稽。

「好啦，怎麼樣？」

「唔……雖然你特意借我眼鏡，不過即使戴兩層眼鏡，還是沒看得比較清楚。」

「什麼嘛，是這樣嗎？真無聊。」

大智與神之內露出惋惜表情。

不，我覺得這是理所當然吧……

大智帥氣博學，運動細胞也優秀，是百分百的男友，但是這部分常常少根筋。

而且神之內也是，他很聰明，所以明明不用試也早就知道了。

該不會是我的常識比較奇怪？明日菜頓時感到不安。

「對了，借我一下。」

大智討回自己的眼鏡之後，不知為何將神之內的眼鏡拿走。「啊！」神之內輕聲驚叫，眨了眨眼睛。在明日菜錯愕注視之下，大智戴上神之內的眼鏡。是長方形鏡片的銀框眼鏡。

「唔哇，這是怎樣？世界扭曲了！」

「因為你還戴著隱形眼鏡吧？」

「啊啊，說得也是。」

大智說完一笑，轉頭朝向明日菜，扶著眼鏡擺出有點做作的動作。明日菜內心不禁微微悸動。

「不錯耶，如果是這種設計的眼鏡，在外面戴也可以吧？」

「嗯，很帥。」

明日菜由衷稱讚。大智害羞回應「別這樣啦」，立刻將眼鏡還給神之內。明日菜原本想拍張照片，但是來不及就算了。

後來大智不知道想到什麼，又將自己的黑框眼鏡遞給神之內。神之內再度觀察大智的眼鏡一遍，然後戴在自己的臉上。

「咦，意外地不覺得奇怪。度數可能一樣。」

「是嗎？」

「嗯。不過我的度數高一點。」

神之內以鉛筆的筆尾將眼鏡推正。大智見狀開口哈哈大笑。

真的搞不懂。

明日菜交互看著大智與神之內心想。

這兩個人的交情好嗎？還是不好？

「啊啊，還有……白石同學、佐伯同學，今天謝謝你們。」

神之內將黑框眼鏡還給大智，同時這麼說。雖然一樣面無表情，聲音卻聽得出安心的感覺。果然因為父母老是吵架而總是喘不過氣吧。雖然是個怪傢伙，卻只有這方面很可憐。

「不要道謝啦，好噁心。而且啊，我可不是要賣你人情。今後要是想說什麼也不用客氣，儘管說吧。」

大智像是遮羞般搔了搔鼻頭。也就是沒有虧欠人情的問題吧。很像大智會說的話。而且神之內面不改色，如同早就知道他會這麼說。

「嗯，我知道了。」

「對對對，這樣就好。不只如此，我還會讓你這傢伙接受文學的美好。」

「正合我意。我也一定會讓你體認數學的力量。」

果然。這就像是棒球或網球這種世界會出現的互動，用「運動家精神」來形容非常貼切。不過，「文學愛好者與數學愛好者基於運動家精神爭辯」這種事，即使說給朋友聽，他們應該也不會相信。

「還有一件事，我從以前就想說了。我明明用名字稱呼你，你這傢伙為什麼用姓氏稱呼我？」

大智稍微噘嘴。居然對這種事情不滿？總覺得好可愛。

「我沒想過這種事。只要知道說的是誰，怎麼稱呼都一樣吧？」

「你這笨蛋，一點都不一樣。日文的『白石』是四個音節，『大智』是三個音節。短一點比較好叫吧？」

大智右手豎起四根手指，左手豎起三根。這說法挺奇怪的。

「你老實說不就好了？熟人用姓氏稱呼，你總覺得會抗拒對吧？」

「唔……」

看來明日菜說中了。大智不好意思似地撇過頭。

神之內像是在將兩人的話語細嚼慢嚥，暫時動也不動，最後他笑咪咪地改口。

「大智同學、明日菜同學，今天謝謝你們。」

「就說了，不要道謝啦。啊啊，明日菜，妳今後也當然要叫他『宙』喔。」

「是！」

明日菜舉起單手回答。

這兩人果然是好朋友。明明意見完全不合，卻能成為好朋友，感覺有點神奇。單純是「交情好到會吵架」的關係吧。

神之內——更正，宙若無其事喝著熱可可。明日菜也朝杯子伸手，想趁著涼透之前喝完。

「我去一下廁所。大號。」

大智突然站起來笑著說。明日菜沒說什麼，將正要拿起來的杯子放回碟子。

氣氛明明挺不錯的，卻被他搞砸了。

大智哼著歌走向洗手間。明日菜與宙想當然耳被他留在身後。周圍國高中生的閒聊突然開始傳入耳中。

宙默默啜飲可可，啪一聲闔上筆記本。看來暫時放棄計算熱量了。他隔著桌子和明日菜面對面。

怎麼辦？突然沒話題了。

「那個，神之……不對，宙，你和大智來往很久嗎？」

捱不住沉默的明日菜試著發問。在這種場合，最好拿彼此都認識的人當話柄。宙的視線從可可移向明日菜。

「嗯。我們從小學三年級就一直同班。」

「這樣啊。小學時代的大智……是什麼感覺？」

「和現在沒什麼變吧？雖然講話粗魯，但是很健談，又是紳士個性，朋友們都覺得他可靠。六年級的時候擔任班長。」

神之內慎選每字每句這麼說。看起來像是小心翼翼取出保存的記憶以免損壞，並且盡量正確傳達給對方。明日菜突然明白了，他是一個誠實的人。

「我們座號很近，所以原本在學校就遇到至少會打個招呼……不過第一次好好交談，記得是在圖書館。」

「咦，那座圖書館？」

「嗯。爸媽吵架，我來到圖書館避難。他是被訓話，所以逃家過來。」

「你們兩個好像啊。」

「唔，是嗎？」

「嗯，我這麼認為。」明日菜掛著微笑說。她當然知道大智是自己闖禍，宙則是被父母的吵架波及，即使如此，她還是想說這兩人很像。

「在大人眼中，大智應該很難駕馭吧。」

「是啊。沒有任何人能束縛他。因為他一定會親自決定自己的生活方式。」

宙雙手捧著杯子，露出正經表情。明日菜總覺得有點難為情。沒有人會因為男友被稱讚而感到不愉快。

這兩人毋庸置疑是好友。

正因如此，所以明日菜想試著問這個問題。

「宙，你為什麼老是和大智吵架？」

就像是電池快沒電的玩具，宙一瞬間全身完全停止動作，然後慢慢再度恢復正常。大概是沒想到明日菜會問這種問題吧。

但是明日菜非問不可，因為這是她最好奇的事。

明日菜屏息等待回答。宙輕輕將手放在下顎，然後以溫和的語氣這麼說。

「從情感層面來說，他一直都是正確的一方。」

「咦？」

明日菜反射性地反問，就此愣住。並不是因為這個回答很古怪，反而是因為明日菜對這個回答有似曾相識之感。

一模一樣。

宙說出和大智一樣的話語。

——從理論層面來說，正確的是那傢伙。

忘記是哪次，由於大智老是和宙吵架，明日菜忍不住規勸，然後大智對她這麼說。她追問這是什麼意思，大智接下來是這麼說的。

——我想，宙這個人應該會實際負責打造世界的機制吧。

世界的機制。明日菜第一次聽到這個超乎常理的詞。

——不過，要讓機制正常運作，必須有我這種人站到台前。不想理解數學的那些傢伙，必須以熱情來打動。

「大智曾經這麼說。我當時聽不懂是什麼意思就是了……」

「嗯……」

明日菜依照記憶說出大智這段話之後，宙面有難色地雙手抱胸。

雖然直到剛才都忘得一乾二淨……不過宙現在也說出一樣的話語。

大智認為宙是對的，宙也認為大智是對的。即使如此，兩人每次見面都還是會起口角。為什麼事情變得這麼複雜？明日菜想知道答案，靜靜等待宙的話語。

終於。

「……我去大智家玩過。就只有那麼一次。」

如同巨大的石門緩緩開啟。宙以嚴肅的語氣開口。在喧囂的聊天聲中，只有這個聲音異常沉穩。

「他的房間不只是兒童文學，也放了夏目漱石與芥川龍之介的書。」

「咦，那是……」

「嗯，是大約一個世紀前的小說。除此之外還有推理、歷史、青春類型或是職場的小說。」

接連傳來的話語，明日菜沒能悉數接收，腦袋一團亂。說到大智就會想到「姆米童話系列」、《湯姆歷險記》、《少年偵探團》。明日菜沒看過他閱讀兒童文學以外的書。

可是，宙即將毫不留情地摧毀這個形象。

他向後靠著椅背，繼續說下去。

「他也推薦了我一本書。記得是森鷗外的《雁》。但我到最後還是完全看不懂。」

「森鷗外？總覺得聽過這個名字……」

「嗯。是活躍於明治與大正時代的文豪。他說《雁》的內容有出現算式，所以叫我看……但結果只在最後的某一段有出現。那樣看來，我完全中了他的計。」

明日菜當然不知道《雁》是什麼樣的小說。大智不可能只因為「書裡有算式」就推薦給別人，所以肯定是傑出的小說吧。想把自己喜歡的事物分享給別人，明日菜也理解這種心態。這麼說來，大智也曾經推薦書給自己看。記得是《清秀佳人》。雖然明日菜完全沒有閱讀習慣，不過還是試著找這本書來看了。

宙瞥向變暗的窗外，雙手在桌上交握。

「他並不是執著於兒童文學。是對兒童與成人兩種文學都有涉獵，進而選擇前者。或許數學也一樣吧。」

「數學也一樣？什麼意思？」

「大部分的人是因為數學『不好懂』，所以認為數學『不可能可靠』。但是大智不一樣。他是理解這一切之後選擇文學。」

所以，換句話說……

明日菜在混亂的腦中拚命整理情報。但是浮現在腦海的盡是疑問，沒有任何確切的答案。

大智理解數學？

「從理論層面來說，正確的是那傢伙」這句話，是大智的真心話？

那麼，他為什麼總是以那種態度反駁？

別說接受，明日菜甚至愈來愈困惑。宙目不轉睛注視鉛筆的筆尖。

「數學實際幫到他人的例子，我讓他看過好幾次。他應該也理解數學的正確性，進而相信文學擁有的力量。所以他拋棄所有理論，以情感來表現，想將文學──尤其是兒童文學獨有的魅力傳達給我。」

「以情感來表現……」

明日菜想掌握話語中的意思，但是只要一伸手就像是一陣煙般消失，沒留下任何實體。自己是否真的理解宙的話語？她完全無法判斷。

「啊啊，抱歉。不好懂嗎？」

宙如同看透明日菜的內心般說。對於總是掛著相同表情的明日菜來說，這是難得的經驗。

宙稍微思索之後，忽然看向空椅子——大智剛才坐的椅子。大智愛用的黑色肩背包留在椅子上。

「我想他今天也有帶來……《冒險者們：拚三郎與十五個勇士朋友》的文庫版。他總是把這本書放在包包裡吧？」

「啊，沒錯。大智不知為何總是隨身攜帶那本書……是因為很喜歡嗎？」

「那是別人送的禮物。以前在圖書館當志工的女性送的。」

「咦？」

明日菜輕聲發出的驚呼，立刻被周圍的喧囂籠罩而消失。自動門開啟，寒風隨著客人入內，攪動店內的空氣。她的笑咪咪表情或許只在這時候走樣。她和大智開始交往至今半年左右，卻從來沒聽過這件事。

明日菜等寒風止息之後開口。

「意思是，大智的初戀對象……曾經念給他聽？」

「唔。關於初戀這一類的事，我不是很清楚。」

宙含糊歪過腦袋，然後以鉛筆按著太陽穴，像是在搜尋記憶。

「她好像是在辭去志工的那一天，把那本書送給大智，當成每次都來聽她朗讀的謝禮。已經是大約一年前的事了。」

宙的每字每句都像是相機的閃光燈，使得明日菜愣在原地不動。關於這位志工的事情，她之前聽大智說過。每週六來到圖書館，朗讀作品給小學生聽的女大學生。大智很喜歡這個人的聲音。說什麼「過去幫忙的時候順便聽」，每週都去聽那個人朗讀作品。

不知道長相與名字，男友的初戀對象。

記得大智說過，她在大學畢業的同時辭去志工……居然在辭職的時候留下禮物，真是不能掉以輕心。明日菜總覺得內心籠罩陰霾，胸口深處有點痛。

宙轉動手中的鉛筆一圈。

「那位女性將童書的樂趣傳達給大智。她說童書不是『兒童看的書』，是『兒童也能看的書』。換句話說，無論是大人、小孩或是中學生，任何人都可以閱讀童書。」

「不限年齡的意思嗎？」

「一點都沒錯。所以即使是從小學畢業的現在，他也沒要從童書閱讀這件事畢業。」

宙面不改色地平淡述說。看起來完全不在乎明日菜的慌亂內心。

也對。因為這個人應該沒談過戀愛。

「所以大智才會執著於童書？」

「嗯。除非將那位女性傳授的魅力全部傳達給我，否則大智應該不會放棄吧。」

「既然這樣，你不要像那樣回嘴，點頭承認不就好了？」

「這可不行。因為我也有我的信念。我打算一直聽他說下去，直到他在理論層面好好說服我。」

宙說到這裡沉默了。他定睛觀察鉛筆芯，像是在隱藏某個重大的祕密。

明日菜覺得卡在喉頭的某個東西輕輕落到胸口。是不是別問比較好？內心只在一瞬間產生猶豫。但是到最後，比起在內心深處竄出火舌的嫉妒，她察覺另一種情感更加強烈。

想要更了解大智。

希望大智也更了解我。

這份單純的想法填滿內心。

「……大智很帥，對吧？」

「嗯。」

這句話明明毫無脈絡可循，宙卻毫不猶豫同意。明日菜輕聲一笑。無論對方是誰，男友被人稱讚果然令她開心。

那位女性肯定也是……在形成此刻「白石大智」這個人的過程中，明日菜認為她肯定也是不可或缺的人。那麼，就感謝她吧。

明日菜要成為大智心目中最重要的人，她在這方面當然不會退讓。

其他的競爭對手也很多，所以得努力才行……

可可已經涼透。下層變得比較濃，喝起來有點苦。朝洗手間的方向看去，大智剛好回來。

「怎麼了？瞧妳笑咪咪的。剛才在聊什麼？」

「唔……沒什麼。」

大智詫異詢問，但明日菜含糊帶過。宙當然也完全不回答。大智露出像是孩童被排擠的表情。

「已經一小時了。依照以往的狀況，夫妻吵架應該也差不多告一段落了。」

宙確認手錶之後，拿著杯子起身。聽到這段話的明日菜嚇了一跳。原來不知不覺已經過這麼久了。

明日菜與大智也拿起自己的杯子放在回收處。走向自動門的時候，宙向大智開口。

「可可的錢，我給你吧。」

「別在意這種事啦，我不是說過我請嗎？」

「嗯。那麼下次我請吧。」

「喔喔，那麻煩請我吃拉麵。」

「我最多只出到可可的價錢喔。」

「什麼嘛，小氣鬼。」

大智鬧彆扭般突出下唇。這人真的好像孩子。不過這就是優點。

「抱歉。」

走出速食店之後，兩人就此和宙道別。宙只說「明天學校見」就背對兩人離去。明日菜與大智朝著相反的方向踏出腳步。

兩人並肩走在寒冷的夜晚時，大智突然以感慨的聲音這麼說。明日菜朝他一看，他微微低著頭。

「難得只有我們在一起，可是一看見宙……嗯……就會聊很久，或是吵架。」

「這種事沒關係啦。」

明日菜以一笑置之的心情回應。強烈吹拂的寒冷晚風，如同要吹走兩人之間所有多餘的東西。

「怎麼突然這樣？平常妳不是都會為此不滿嗎？」

「沒怎樣……我只是已經明白了，你們兩個交情應該很好。」

明日菜左右搖晃身體，維持一如往常的悠哉態度。

「我不會再抱怨了。只不過是男友和死黨聊天，我得寬容一點。」

因為這種對象應該非常難得吧。明日菜有點羨慕。

仰望夜空，月亮像是珍珠碎片般綻放光輝。大智的背包在肩膀晃動。放著大智寶貝書本的黑色背包。

「大智，那個……」

明日菜說到一半有點猶豫，最後將沒說出口的話語吞回肚子裡。她露出一如往常的笑容，就只是搖了搖頭。

「還是算了。沒事。」

「什麼嘛，我會在意耶。」

「嘿嘿，不告訴你。」

現在還是別問吧。

當然不是假裝不知情。只是覺得現在還不是時候。

關於大智，明日菜應該還有很多不知道的事，所以她想花時間逐漸理解。當然也希望大智更理解她。

「明日菜。」

「嗯？什麼事？」

「我啊……果然好喜歡妳。」

雖然聲音冷淡，而且刻意將視線移開，不過大智確實這麼說。心臟差點踩著小跳步要跳出胸口，明日菜克制下來。

明日菜撲進大智的懷裡。雖然隔著大衣，卻無疑是他的手臂。這雙手是從他的軀體延伸出來的，手臂根部的更深處，是他的心臟，現在正努力跳動。循環到全身的血液，成為驅動他手腳的動力。

大概是明日菜突然撲過來而嚇了一跳，大智走路的動作僵硬。塞在大衣口袋的文庫本觸感，傳到明日菜的腹部周圍。

我的男友說話很毒，有著粗枝大葉的一面，但是長相與生活方式都很帥，也受到朋友的信賴與認同。這就是我的男友。

想要更認識這個人。也希望這個人更認識我。

胸口周圍變得暖呼呼的。不是喘不過氣的束縛感，是被包覆般的安心感。

想要永遠在一起。懷抱著這樣的心意。

以雙手緊握，再也不想放手。我要許下心願。

明日菜當初確實許下了這樣的心願。

大智遭遇交通意外，是三天之後的事。

問題四

試測量生命的價值

遙坐在四人座的一角，手肘靠在窗邊，心不在焉地看著鐵軌延伸的前方。一根根等距離豎立的冰冷電線桿，以飛也似的速度通過到身後。住家群的另一側，看得見比山膨大好幾倍的積雨雲。

遙將夏季景色抛到後方，持續隨著電車晃動。水嫩綠葉閃亮的樹群、拿著捕蟲網奔跑的孩子、交相飛翔的蟬與蜻蜓，都像是已經成為過往雲煙逐漸看不見。取而代之增加的是灰色的大樓。充分沐浴在盛夏陽光下，水泥大概變得和平底鍋一樣熱，同時也看似冰冷得令人發毛。

前往東京。

這個決定撲通一聲落在遙的內心，激起漣漪。

遙緊抱放在大腿上的包包。裡面小心翼翼收著從圖書館借來的一本書。是前兩天廢寢忘食、愛不釋卷的書。

書名是《不完全的數學》。這本書的內容，遙大約看得懂一成。如果只是要看穿宙說的謊，看得懂這些就夠了。

然而即使如此，還是剩下一件遙完全搞不懂的事。

宙為什麼說了這種謊？

明明只要在後來補充說「抱歉，上次那件事，我稍微說錯了」，訂正一下就好，宙卻沒這麼做。或者是無法這麼做。

「必須見他一面。」

遙獨自呢喃。音量小到被車輪和鐵軌摩擦的聲音蓋過。

「必須去見宙一面。」

連成一串的巨大鐵箱，甚至吞噬遙的這個決心，沿著軌道疾馳。無論是下定決心或打算反悔，如今都已經無法回頭。

這次和不顧一切去追宙的一年前不同，遙事先確實寄了電子郵件給宙。宙回信「離開日本的前一天空得出時間」，指定某個車站跟遙會合。

多磨靈園。

遙皺起眉頭。雖然她幾乎不曾離開神奈川，卻至少知道這是墓園。至少不是一般人和女生約見面的地方。

說起來，如今還想要求宙按照常理行事，真會是大錯特錯。發生什麼事都不該驚訝。總之遙盡量不胡思亂想，數度轉搭電車，一心一意前往多磨靈園。

從離家出發算起大約兩小時後。

遙終於在京王線的多磨靈園站下車。暈車加上突然暴露在灼熱的太陽下，遙微微感到頭昏眼花。她暫時到陰涼處避難，讓身體狀況穩定之後，爬上階梯來到出口樓層。

「啊，遙！這裡這裡！」

走出驗票閘口不久，傳來一個女生的聲音。遙反射性地發出「嗚」的哀號，連忙以笑容掩飾。眼前是個T恤衣領掛著墨鏡，短褲底下露出修長雙腿，亮色頭髮的女生。笑咪咪揮手的這名女生就是明日菜。

身穿漆黑扣領襯衫的宙站在旁邊。遙一跑過去，宙就以單手扶正眼鏡。

「謝謝妳大老遠過來。」

「不會，我才要謝謝你空出時間給我。」

「沒關係的。因為無論如何，本來就預定來這裡一趟。」

大概是穿長袖很熱，宙額頭滑落幾道汗水。說真的，他為什麼不穿涼快一點？和身穿T恤的遙與明日菜站在一起，感覺像是只有他處於不同的季節。

宙任憑汗水流下，指向車站出口。

「機會難得，我來帶路吧。我也希望妳知道這件事。」

原本只注意宙服裝的遙，再度繃緊精神。接下來到底要去哪裡？即使觀察明日菜的神色，依然只是那張笑咪咪的表情，看不出所以然。不得已，遙只好跟著兩人走。

停在站前圓環的深色公車，在宙、明日菜與遙上車之後就關閉車門，搖晃巨大的身軀起步。鑽過老舊的商店街，經過好幾個生銹的站牌。三人並肩坐在最後面的座位，宙坐在正中間，公車行駛的這段期間，他們一句話都沒說。

最後，公車來到一條林蔭道，櫻樹的嫩綠樹葉如同隧道覆蓋天空。兩側不時看得見石材行。

三人在「多磨靈園正門」這一站下車。

正門兩側是綻放成串桃色花朵的樹，迎接前來的訪客。從光滑的樹幹來看，應該是百日紅。遙滿心以為要穿過正門，但宙與明日菜對正門旁鮮豔的花朵看也不看，就往旁邊的小路走。遙連忙跟上。

三人排成一列，走在多磨靈園腹地旁邊的小徑。雖然豔陽高照，但是路旁種植的無數樹木彷彿拱廊，為他們遮蔽暴烈的陽光。

我們真的要去墓園嗎……

從樹木之間看向靈園，無數的灰色墓碑豎立在境內。即使是白天也莫名令人發毛。遙不敢走得太大聲，靜靜踩著涼鞋。

在遙的額頭也滴下大顆汗珠時，宙與明日菜終於停在一間寺廟前面。隔著馬路和靈園相鄰的小寺廟。兩人行禮之後進門，遙也隨後踏入寺廟。

這間寺廟後方果然也設置了墓地。或許因為還沒進入中元時節，又是平日，除了遙他們三人之外，沒有別人。

墓碑與墓碑之間，鋪著像是棋盤格線的通道。宙與明日菜毫不猶豫地在通道行走，然後停在盡頭的墓碑前方。這塊墓碑表面比別的光滑，看來還是新的。

遙蹲下來檢視墓誌銘。看起來完全沒磨損，應該是最近雕刻的吧。

俗名　白石大智

得年十三歲

「這是我好友的墓。」

宙的話語如同直接投入胸口般撼動著遙。遙想發出「咦」的聲音，脫口而出的卻只有空氣。她站起來轉身一看，宙的雙眼比無風的海面還要寧靜。

「他死了。是交通意外。差不多滿一年半了。」

聲音平淡得嚇人，彷彿拋棄所有情感。在酷暑之中，遙感覺背脊冒出寒意而打顫。

踏入靈園的時間點，她就知道會被帶到某人的墓前。但真的成為現實擺在眼前時，她甚至說不出話。

宙好友的墓。

這代表什麼意思？遙的大腦跟不上。

「我一直瞞著妳。對不起。」

宙向遙深深低下頭。遙一時之間不知道宙為什麼道歉，但是經過五秒之後，腦中閃過一道雷光，照亮記憶的每個角落。

一年半。轉學。夏天。漆黑的制服外套。

遙終於察覺了。

那是喪服。

宙一直在為好友服喪。

盛夏的太陽繼續火辣地照耀遙三人。他們像是ＤＶＤ暫停播放般停止動作。宙就這麼低著頭，遙就這麼茫然佇立。

經過整整一分鐘，宙才抬起頭。抬頭之後，宙與遙兩人依然沒交談。找不到合適的話語。感覺任何話語一說出口就成為謊言。明明站在地面，卻像是身處深海喘不過氣。

「……啊，得去借木桶與勺子之類的才行。等我一下。」

大概是承受不了沉重的氣氛，宙不經意僵著臉頰這麼說，以生硬的動作轉身走向寺廟。留下來的遙拚命要讓大腦運作，卻總是失敗。無法思考任何有意義的事情。

「要原諒他喔。因為宙好像也一直很在意瞞著妳。」

心不在焉地注視宙的背影時，明日菜這麼說。遙緩慢搖了搖頭。

「沒什麼原不原諒，我根本沒生氣。只是嚇了一跳。」

「這樣啊。」明日菜回應之後又笑了。聽起來像是興趣缺缺，也像是感到驚訝。依然難以看出她真正的心情。

明日菜就這麼維持這張難以看透的表情，隨口說出更驚人的事實。

「這座墳墓底下的大智，以前是我的男友。」

「咦？」

「不對，我們沒分手，所以現在也是男友吧。」

明日菜輕輕撫摸這塊還算新的墓碑。

「想一起去的地方還有好多好多，想說的話也還有好多好多。不過……都做不到了。」

遙甚至想說「等一下」制止明日菜。她自認聽到什麼都不會驚訝，但是同時來襲的資訊太多了。腦袋深處隱隱作痛。

宙的好友在一年半前過世。

宙一直為這個好友服喪。

而且這個人生前是明日菜的男友。

那麼，宙與明日菜的關係呢？對於宙來說，明日菜是好友的女友？

「人啊，可是會輕易死掉的喔。」

還來不及整理腦中的資訊，明日菜就再度開口。彷彿白刃的危險話語。遙倒抽一口氣。

「在病床旁邊握著手，守護到最後的瞬間……或是臨死之前交付遺言……連續劇常演的這種橋段，在現實世界都不會發生吧？突然收到『他被車子撞死了』的消息，被告知守夜與告別式的日期，很乏味吧？」

乏味。

用這個詞形容一個人的死，實在過於簡樸。明日菜為什麼能這麼心平氣和？明明男友死了，她為什麼能保持冷靜？

還是說，她已經走出來了？

「他這個人很皮，經常溜出家門亂跑。出車禍那天好像也是漫無目的地閒逛。」

「妳不難過嗎？」

「很難過。難過到身體像是要裂成兩半。」

明日菜維持冷淡的語氣說。視線動也不動注視著墓碑。

「我只是不知道該做什麼表情。」

表情依然保持微笑沒變，但是藏在另一側的痛苦，化為視覺與聽覺都捕捉不到的情報，直接傳入遙的內心。

胸口痛到像是無法呼吸。

「對不起。我一直誤會妳了。」

「沒關係啦。我也不是故意表現得讓妳誤會。」

明日菜笑咪咪地回應道歉的遙。

「話說回來，妳居然鼓起勇氣跑了這一趟。宙最近對妳很冷漠吧？」

遙沒否定。總覺得宙回國之後是以明日菜為優先，所以遙也異常起疑。

「是我對宙說的。我問他，就這麼隱瞞下去，真的好嗎？而且你們是日本與美國的遠距離戀愛吧？這樣下去會讓彼此受苦吧？我這麼問，然後總覺得他好像混亂了。我雖然不太清楚，但他說什麼對妳撒了謊。」

「原來是這樣啊……」

遙接受了。確實，以宙的個性，聽別人這麼說之後應該會苦惱。會踏入沒有終點的迷宮，尋找數學層面的最佳解答吧。

「該說很像他的作風嗎……」

「一點都沒錯。所以我也擔心起來，決定到學校見妳一面。」

明日菜說。她清澈的雙眼映著藍天。

「不過，看來沒問題了。我剛才問他，他說會想好好和妳談一談。其實他好像本來就想在回美國之前再去一趟大磯，不過妳主動過來，所以我覺得省了一番工夫。」

「和我談一談？」

到底要談什麼事？遙正要問的時候聽到腳步聲，所以沉默下來。宙雙手抱著一個桶子，搖搖晃晃走向這裡。

「嗨，久等了。」

「宙，還好嗎？」

「唔……看來以我的肌力，這就是極限了。」

宙將桶子放在腳邊，擦著額頭吐氣。桶子裝了大約八分滿的水。遙試著抓住把手，感覺單手就提得起來。

「呃，那個……確實很重耶。」

遙嘴角擠出笑容。宙在體育課也幾乎都只有見習，體力不可能達到一般水準。老實說，即使有人說他拿不動比鉛筆重的東西，遙也會相信。

反觀明日菜沒特別對水桶的重量表示怨言，將手上的抹布浸入水裡。宙也取出一束預先收在包包裡的線香。

三人分工仔細擦洗墓碑，不過大概是本來就保養得宜，抹布沒擦得很髒。接著宙點燃線香插在墓前。宙與明日菜雙手合十，所以遙也照做。

我沒見過這個人。不過，這個人是宙的好友。在這座墓前雙手合十，不需要更多的理由。

遙他們就這麼雙手合十，閉上雙眼，維持一分鐘左右。這是一段神奇的時間。愈是想對死者說話，周圍的聲音就愈是遠離，逐漸感覺不到炎熱。閉上眼睛的時候，墓前彷彿開了一個洞，連接到死者的世界，遙他們的身體也短暫接近「該處」。這是一種有點發毛的感覺。

遙慢慢睜開眼睛一看，眼前當然只有灰色的墓，耀眼的陽光射得眼睛生痛，蟬群的合唱也變得更加擾人。

「……遙。」

在世界角落的最底層，宙朝著佇立不動的遙開口。雙眼筆直看向這裡。明明未經琢磨，卻就這麼自然透明，毫無髒汙的雙眼。

「我們走一走吧。」

「嗯。」

「我決定轉學到東大磯中學，是車禍之後不到三個月的事。而且兩個月後又要搬到美國。我做了對不起明日菜同學的事。」

宙靜靜走在墳墓之間。腳步是至今最輕的一次，大概是避免吵醒沉眠在四周地下的死者們。

或許是出自貼心，明日菜沒跟來。兩人離開大智墳墓所在的寺廟，踩著多磨靈園的石板地。遙在宙身旁配合他的步調。

「明日菜同學是那樣的個性，所以不會生氣……但她應該覺得像是被遺棄吧。因為到頭來，第一年的中元與忌日，我都去不了了。」

麻雀蜷縮在樹蔭冷卻身體，讓羽翼休息。透過枝葉灑落的陽光緩緩燒灼空氣。
「所以我承諾最近一定會去掃墓。和明日菜同學一起去。」
「原來如此。你今天是來履行這個承諾啊。」
聽著宙沉穩的聲音，遙靜靜低頭看著自己的影子。明日菜的話語在耳中復甦。
——很難過。難過到身體像是要裂成兩半。
她覺得先前異常起疑的自己好丟臉。
「我認識大智，記得是小學三年級的時候吧。重新編班之後，我們座位恰巧很近。妳想想，依照五十音的座號順序，『白石』之後就是『神之內』。」
宙瞇細眼鏡後方的雙眼。他編織的話語，彷彿在四方聚集的蟬鳴上緣滑過。
「他是愛書人。尤其熱愛兒童文學，升上國中之後也繼續閱讀。」
「兒童文學……」
「沒錯。大概因為這樣，所以數學腦袋的我，和文學腦袋的大智意見不合。我們老是吵架。在圖書館休息室，每次見面就吵架。」
「不過，你們是好友吧？」
「嗯。」
宙立刻回答，接著露出苦笑。
「大智說，兒童文學賦予孩子夢想。但我說這種事沒有根據。『夢想』是模糊的形容方式。任何人都能從兒童文學獲得夢想，我覺得這種說法非常可疑。」

「哇，我有點意外。我以為你也是這麼想的。你明明像是很珍惜夢想的人。」

「我當然也能理解他的說法。」

宙的腳步聲和遙的腳步聲重疊，溶入空氣。眼鏡反射陽光，閃出一道光輝。

「實際上，他的話語有著打動人心的部分。他小學的時候當過班長。當時就算要我當，我也不可能勝任吧。因為大家願意聽進去的，應該不是我這種人物的大道理，是他說出口的熱血話語。」

「是這樣嗎？」

「嗯。我很羨慕大智，所以才會逞強吧。我想相信數學的正確性。」數學的正確性。

宙暗藏在這句話的意念。個中意義肯定龐大到遙無法以雙手環抱吧。

這正是宙的堅持。是遙專程來到這裡的意義。

遙將包包緊抱在胸前。

「哥德爾不完備定理。」

這個名詞如同一道清流，從遙的口中流暢說出。宙露出像是在盛夏看見雪的表情轉向這裡。遙始終假裝冷靜。

「你說的謊，就是這個定理吧？」

「……嗯。」

宙停頓片刻之後承認了。行走的前方剛好看得見幾張兩人座的長椅。宙指著其中一張。

「坐吧。」

兩人選擇剛好落在樹蔭的長椅，並肩坐下。彼此之間自然空出些許縫隙。

遙將手伸進包包，取出從大磯圖書館千里迢迢帶來的書。《不完全的數學》。只有一張粉紅色的便箋露了出來。

「妳找到了啊。」

「嗯，我找到了。」

遙翻開書本。翻到貼著便箋的位置之後打開書頁，讓宙也看得見。宙扶正眼鏡，然後看向遙的手邊。

這個命題是無法證明的

簡單的這行字，如同夜空的皎潔月亮，主張自己的存在。宙目不轉睛注視這行字。對於遙來說，這本書幾乎每一頁都是有看沒有懂。不過只有一處是她肯定看得懂的段落。就是「這個命題是無法證明的」。

假設「這個命題」是「可以證明」的，就明顯和這行字產生矛盾。所以「這個命題」是無論怎麼做都無法證明的命題。

書裡也一起記載了不同的驗證法。這裡說的「這個命題」，正確來說是「這個命題是無法證明的」無誤，所以可以改寫為「『這個命題是無法證明的』是無法證明的」。進一步來說，雙引號裡的「這個命題」，也等同於「這個命題是無法證明的」。換句話說就是「『「這個命題是無法證明的」是無法證明的』是無法證明的」。這個程序再做幾次都不會結束。永遠無法抵達問題的本質。

極為理所當然。這種事不必逐一說明也知道。或許有人會這樣嘲笑。

然而，這是恐怖的事實。

世間存在著無法以數學證明的事情。換句話說，世間存在著絕對無法以數學解決的問題。這就是「哥德爾不完備定理」的內容。而且這本《不完全的數學》寫到，這種「絕對無法證明的命題」可以無限製作。

——來，任何問題儘管找我商量。我一定會以數學之力解決。

已經是一年多前了。第一次交談的那一天，宙挺起胸膛這麼說。

——任何問題都能解決。

關於數學，記得宙曾經這麼說過。

不過，這是謊言。數學並不是十全十美，而是不完全。

遙當然也沒要挑宙的語病。她不是小學生，所以不會笨到一邊說「明明說數學可以解決任何問題，但你錯了。真好笑！」一邊樂不可支。

是宙自己將此形容為「謊言」。

——我對遙同學說了一個謊。

在陽光普照的玉米田，宙以正經眼神這麼說。明明只要說「數學無法解決的問題，其實還是有的」就好。

但是宙沒這麼做。他刻意對遙說謊。

我應該知道嗎？還是應該就這麼不知道？遙是來確認這一點。

「為什麼要說這種謊？」

遙闔上《不完全的數學》。沒有憤怒或悲傷，是單純的疑問。因為她知道，宙不可能毫無理由就說謊。

「……我不想輸。如此而已。」

宙輕聲回答。就像是要讓聲音輕輕落在手心。

「我不想輸給這個現實。不想承認數學是不完全的東西。」

兩人的視線正面相交。

「大智過世的那一天，我思考了一件事。願意聽嗎？」

「當然。」

遙毫不猶豫點點頭，宙隨即從包包取出筆記本，從胸前口袋抽出鉛筆。不知道多少次，他都像這樣教我數學。這或許是最後一次。遙抱著這個想法，將注意力集中在眼睛與耳朵。

「遙，你認為生命的價值有多少？」

遙做好準備的這時候，宙突然這麼問。雖然多少驚訝了一下，但是宙這種突然展開鋪陳的說話方式，遙這一年內應付過好多次。因為知道最後一定會逐漸導向答案，所以不必害怕。宙的說話方式就是證明題的答案。

遙雙手抱胸思考。

「生命的價值……我沒想過這種事，但這不是無從測量嗎？」

「或許吧。」

宙給了含糊的回應。他說得非常慎重，大概是避免說錯話。

「那麼，試著假設生命擁有無限的價值吧。」

宙以鉛筆扶正眼鏡這麼說。聽到「假設」這兩個字，遙的大腦立刻竄過一道電流。是「反證法」。

一年多前的記憶在腦中緩緩起身。宙初次教導遙的數學是「質數」。而且為了證明「質數有無限個」，宙假設「質數是有限的」，從中導出矛盾。

這就是「反證法」。想忘也忘不了，對於遙來說是初次接觸的「活數學」。

「那麼，為了調查這個假設是否正確，來思考這個例子吧。」

宙慢慢踏出證明的第一步。

「某人準備開車出門上班。可是這天不巧下著雨。他心情消沉，想要蹺班。」

「不可以蹺班吧？」

「當然。按照常理思考，應該要去上班對吧？不過他腦中是這麼想的：『在這種雨中開車，即使機率極低，也有出車禍死亡的可能性。』」

「出車禍死亡」這句話，宙說到最後時微微顫抖。遙嚥了一口口水。這不只是「可能性」，是真實發生的事。宙確實明白這一點。

即使如此，宙還是裝出不以為意的表情，所以遙也沒插嘴。

「如果不去上班，會失去公司對他的信用。相對的，如果去上班，可能失去的東西是生命。兩者的數值就這麼定吧。」

宙讓鉛筆在大腿上的筆記本迅速遊走。無論在哪裡寫，宙寫字的筆跡都不會變。像是印刷字體般工整的數字、英文字母與符號，圓滾滾的漢字與平假名。

不出門：１００％的機率會失去信用
出門：０．０００１％的機率會失去生命
信用的價值＝x（有限）
生命的價值＝∞

「用到無限的時候，其實會使用特別的符號……但現在這麼用只會變得複雜，所以我省略。」

宙在頁面一角補上「$\lim_{n \to \infty} n$」這個符號。不只是「複雜」的程度，遙完全沒看過這種語言。宙省略這部分真的幫了大忙。

「啊，百分之○．○○一這個數字只是暫時這麼設定，實際上可能再大一點或小一點。宙以鉛筆指著數值補充說明。「好啦，根據這個數值，來思考『失去的價值』的期望值吧。」

期望值。這也是一年前首次聽到的名詞，不過在後來看的書也出現過許多次，所以遙記得。

期望值是「可獲得數值的平均值」。比方說，如果有二分之一的機率可以得到五百圓，期望值就是「$500\times\frac{1}{2}=250$」。如果抽獎一次要三百圓，那麼最好別抽這種獎。抽一次要三百圓，平均可以得到兩百五十圓，這種獎只會愈抽愈吃虧。

期望值是用來告知不確定未來的路標。這成為一年前製作「戀愛不等式」的關鍵。某種懷念的感覺湧上心頭。

「百分之一百是『$\frac{100}{100}=1$』，所以不出門的期望值是這樣。」

$$x\times 1=x$$

這是信用x乘以機率1的期望值。換言之，這個人要是蹺班不出門，會失去「x」的價值。這種程度的計算，現在的遙看得懂。

大概是察覺遙沒特別抱持疑問，宙立刻再度動筆。雖說在樹蔭底下，不過穿長袖很難受吧。他反覆以左手擦拭額頭的汗水。

「接下來，百分之〇・〇〇〇一是『$\frac{1}{1000000}$』，所以出門的期望值是……」

$$\infty\times\frac{1}{1000000}=\infty$$

筆記本上出現簡短又詭異的新算式。

「明明乘以一百萬分之一，無限卻依然是無限？」

「了不起。這是個好問題。」

宙臉頰綻放笑容。遙當然不知道哪個部分是「好問題」。雖然不知道，但是她聽宙講述數學持續了一年以上，所以提問自然而然變得高明也不奇怪吧。遙擅自這樣說服自己。

不過，遙好不容易要接受這一點的時候，宙說出像是和問題毫無關聯的事。

「那麼，試著想像一間有無限個房間的飯店。」

「啊？飯店？」

「嗯。要說是旅館也可以。」

感覺突然被拋到宇宙的正中央。

要稱為飯店或旅館，在這種時候一點都不重要。「無限個房間」到底是怎麼回事？

「欸，『無限個房間』這種東西，不可能打造得出來吧？」

「沒錯。不過就當成好不容易成功蓋了出來吧。」

宙面不改色提出亂七八糟的要求。至今他也說過「想像一條比地球還長的繩子」這種規模浩大的無理要求，不過這次遠超過以往的程度。現實世界再怎麼樣也蓋不出「有無限個房間的飯店」。

即使如此，宙還是要求「試著想像」，那麼遙非想像不可。因為宙說的話語沒有任何多餘的成分。

遙一度放空腦袋，試著在整片空白的腹地蓋一間巨大的飯店。比東京巨蛋還大的飯店。裡面確實有很多房間，但是這樣還不夠。接著她買下神奈川的所有土地，將這些土地都用來蓋飯店。神奈川的人口約九百萬人。房間數量應該也能確保九百萬個左右。光是這樣當然還不夠。

遙試著在腦中穿上套裝，成為飯店老闆。要是飯店就這麼繼續擴大，遲早會跨越國境成為國際問題。假設交涉得很順利，成功買下全世界的土地，也還不足以建造無限個房間。

那麼，該怎麼做？遙社長做出一個決定。

以宇宙做為建設場所。

遙不知道宇宙多大。宙以前說明過「龐加萊猜想」，不過那是用來「調查宇宙形狀的方法」。實際上還沒有人搭乘火箭成功飛到宇宙的盡頭。

所以，遙決定在腦中將宇宙設定為沒有盡頭。

接著她好不容易蓋出有無限個房間的飯店。

「看來妳順利想像出來了。」

「究竟順不順利，我沒有自信就是了。」

遙苦笑了。實際上，她是將無限大的飯店漂浮在宇宙，但這是否算是正確的想像還很難說。

「那麼，假設這間飯店的房間客滿了。」

「咦？明明有無限個房間啊？」

「嗯。因為客人也來了無限個。」

遙被劇烈的頭痛襲擊。感覺像是在雲霄飛車上沒坐椅子抓著尾端，一鬆懈就會立刻被甩落。成為數學屋的代理店長之後，即便努力不懈地學習至今……現在看來，數學還是很深奧。

「知道了，我想像看看。所以要拿這間客滿的飯店做什麼？」

「在這個狀態，又來了一位新的客人。妳會怎麼做？」

「這種狀況，我覺得只能對他說『今天客滿了』請他離開……」

「倒也不是。無限飯店厲害的地方，在於即使客滿也能接新的客人。」

即使客滿，也能接新的客人？

總覺得像是「一休和尚」的玄妙對話。宙不可能說這種腦筋急轉彎的話題，遙當然知道這一點……不過高階數學和腦筋急轉彎好像差不了多少。

「什麼意思？不是因為不能再收客人，所以才說『客滿』嗎？」

「不過，只要對所有住宿的客人這麼說，問題立刻可以解決：『請移動到比自己房間號碼多一號的房間。』」

「意思是……？」

「住在一號房的人去二號房，住在二號房的人去三號房，住在n號房的人去n＋1號房，就是這個意思。」

「啊啊，請大家移動到下一間，是吧？」

遙終於理解之後，立刻在腦內宇宙建造的無限飯店握起麥克風，以飯店廣播請大家前往下一個房間。住宿的客人一邊嘀咕抱怨，一邊慢吞吞移動到隔壁房間。

然後……

「啊，真的耶。一號房空出來了。」

遙驚聲說。明明客滿，卻成功空出一個房間。那麼原本住在最尾端的客人怎麼了？遙一瞬間冒出這個疑問，不過說起來，無限飯店沒有尾端的房間。無限飯店的走廊無限長，無止盡延伸出去。

大腦差點混亂，但遙好不容易理解到這一步。

「換句話說，無限加一也同樣是無限啊。」

遙從無限飯店回到靈園的長椅，宙隨即在筆記本追加一條簡短的算式。

$$\infty + 1 = \infty$$

無限客人入住的飯店，即使再增加一位客人也還是無限。這道理像是理所當然，而且有著奇妙之處。

「同樣的，這次試著改為一百萬分之一吧。」

不知道是第幾次了，宙再次扶正眼鏡，然後這麼說。此時遙驟然回想起來。她忘了原本正在說明「$\infty \times \frac{1}{1000000} = \infty$」。現在終於進入正題。

「這次要怎麼做？」

「再試著想像飯店現在是客滿的狀態。然後某一天，這些無限的客人之中，除了房間號碼是『一百萬的倍數』的客人之外，所有客人都退房了。」

「一百萬的倍數？也就是兩百萬、三百萬這樣？」

「嗯。除了這些人，其他客人都回家了。飯店當然變得空蕩蕩對吧？接下來通知剩下的客人：『請將現在的房間號碼乘以一百萬分之一，移動到這間新房間。』」

遙硬是讓差點沸騰的大腦運作。沸騰的原因在於酷暑，也在於大腦過熱。

「那個……也就是說，一百萬號房的客人移動到一號房？」

「一點都沒錯。同樣的，二百萬號房的客人移動到二號房，三百萬號房的客人移動到三號房。重複這樣的程序之後，『n×一百萬』號房的客人全部移動到『n』號房。」

遙再度在腦中的無限飯店廣播。將房間號碼乘以一百萬分之一，和移動到隔壁房間的路程差太多了。客人提著行李一直走在長得嚇人的走廊。看來開放車子在飯店裡行駛比較好。就這樣花費漫長的時間之後，客人們好不容易移動完畢。遙的意識也從宇宙回到地球。

「如何？和原來一樣，無限個房間全部住滿客人了吧？」

宙以鉛筆指向筆記本。剛才寫的算式映入遙眼簾。

$$\infty \times \frac{1}{1000000} = \infty$$

他說得沒錯。無限飯店中即使大量客人退房，也還是客滿狀態。無限的一百萬分之一依然是無限。

感覺坐在長椅的同時經歷一段相當漫長的旅程，遙吐出長長的一口氣。她終於也能接受這條算式了。「無限」這種東西，不會因為區區的加一或是乘以一百萬分之一就有所動搖。

「那麼，所有的要素終於都準備妥當了。」

宙射出閃亮的目光，以鉛筆一行一行指著至今的記述。遙的視線慢慢跟著移動。

不出門：100%的機率會失去信用

出門：0.0001%的機率會失去生命

信用的價值＝x（有限）

生命的價值＝∞

$$x \times 1 = x$$

$$\infty \times \frac{1}{1000000} = \infty$$

$$x < \infty$$

追加在最後一行的「$x < \infty$」，是顯示結論的算式。

「最後這條不等式，是拿兩個期望值做比較嗎？」

「沒錯。x是有限的，所以數值永遠是『$x < \infty$』。換句話說，比起不出門會失去的x，出門會失去的∞比較大。從數學層面來看，這個人不應該出門。」

宙斬釘截鐵這麼說。雖然若無其事，但是聽起來挺恐怖的。總覺得像是在說全人類都是家裡蹲……

「可是，成年人平日大致上都會外出工作啊？」

「是的。大多數的狀況，人會選擇出門。所以人類生命的價值必須是有限的，否則會不合邏輯。」

宙很乾脆地推翻主張。遙晚了數秒察覺。

原來如此！所以是反證法。

宙讓她知道，如果假設「生命擁有無限的價值」。無論如何都會產生矛盾。如果生命的價值無限，按照道理會說不通，所以生命的價值當然有限。

不過，遙內心殘留一股煩悶的心情。

明明在數學上已經完成證明無誤。明明吃過東西卻沒飽。明明喝了水卻沒解渴。明明學習到知識卻沒有成就感。

遙受到這種突兀感襲擊時，宙忽然壓低聲音。

「既然生命的價值有限，那麼大智的生命也能以數值表示對吧？」

聲音落寞，如同失去自己身體的一部分。遙暫時忘記呼吸。

「如果……如果將我的生命價值設為一百，大智失去的生命值多少？他只活了十三年，所以價值會比我少，大概是八十或九十嗎？」

宙握著筆記本的手增加力道，內頁出現皺摺。煎熬的呼吸也傳入遙的耳中。

「每當這麼想，我就好難過。因為大智的人生……他的存在……不可能被輕視。」

遙認為必須對他說幾句話。但是局外人的膚淺同情不具任何意義。遙說不出任何話語，就只是在長椅上像是石頭般僵住。

空氣好沉重。地面冒出熱氣導致難以吸氣。這股熱度帶著重量壓在遙背上。看不見終結的沉默不斷持續。

接著，在好幾滴汗水落到地面，全部蒸發之後，宙擠出難受的笑容開口。

「不過，我察覺了。真正有限的，只不過是對於自身而言的價值。」

「咦……什麼意思？」

「大智的生命，對於大智自己來說或許有限。即使如此，他的想法與意志……依然留在我與明日菜同學的內心。而且我與明日菜同學總有一天死掉的時候，這份意志還會留給其他人。」

宙仰望天空。他那嚴肅的眼神，像是要看透藍天另一頭遼闊延伸的某種東西。

「即使人類滅亡，也會對留下來的生物造成某種影響吧。即使地球毀滅，也會在宇宙留下痕跡。不過從宇宙整體來看可能微乎其微吧。」

宙朝著藍天伸出右手，慢慢握拳，抓住只有他看得見的某種東西。

「大智遺留的痕跡，會像這樣永遠維持下去。對於這個世界、這個宇宙來說，大智的價值是無限的。他在死後的現在，依然有著無限的價值。當然我也是，妳也是。任何人都有著無限的價值。」

遙完全沒插嘴，專注聆聽宙的話語。

這已經不是數學。是宙由衷許下的懇切心願。

宙再度面對大腿上的筆記本。鉛筆躍動，逐漸寫出蘊含宙所有心意的算式。

對於自己來說的生命價值＝有限

對於宇宙來說的生命價值＝無限

「我把這個算式命名為『生命定理』。大智的生命價值，由這個世界繼承。」

「生命……定理……」

「嗯。基於這個定理，所以我無論比大智多活幾年，生命的價值還是相同。因為無限加一之後依然是無限，無限乘以二也還是無限。無限和無限是一樣大的。」

宙的語氣比以往強烈，看來他難得有點激動。光是這樣就可以推測他對這兩行算式（遙不知道是否該稱為定理）注入的情感有多麼濃烈。

對於宙來說，這項定理是支柱。是這一年半之間推動他的原動力。是他用來說服自己「大智這一生沒有白費」的重要根據。

「可是……」

暗藏的情感發洩一遍之後，宙再度壓低聲音。

「就算寫出這種算式，他也不會回來。」

這是勒緊胸口的悲痛話語。

「我以前甚至曾經使用數學的力量阻止自殺。我這雙手擁有保護人命的力量。但是只能在失去人命之前保護。一旦失去就再也無法取回。」

宙放在筆記本上的手增加力道，內頁發出被捏緊的聲音。汗水滑過臉頰從下顎尖端滴落，在紙上產生水痕。宙繼續說下去。

「這麼悲傷的事情不能再度發生。所以我一定要改變世界。一定要拯救世界。」

筆記本終於發出撕裂的聲音破損了。辛苦寫下的期望值計算過程以及「生命定理」都滿是皺摺，被汗水溼透，逐漸無法辨識。

「可是，數學是不完全的。數學家的努力……以及對於黎曼猜想的挑戰……全都不知道是否有什麼意義。」

宙像是吐血般艱難地說。

「數學……或許無法拯救世界。」

啊啊，原來如此。

遙終於真正可以理解了。

所以宙說了謊。欺騙遙，欺騙他自己。

數學或許無法拯救世界。宙想將這個可能性拋到腦後。

這個人……遙原本以為宙的思考邏輯比任何人都強，但其實不是這樣。他也會說無憑無據的事，也會許下不科學的願望。

這個人比任何人都有血有淚。

「……可是，你選擇開設數學屋。對吧？」

遙回神的時候已經開口。宙受驚般抬起頭。破損的內頁輕盈飄落地面。

「或許無法拯救，或許可以拯救。你早就明白這一點，才會忍不住想做點事吧？」

去年五月……初遇宙那一天的光景，像是昨天才上演般跑遍腦海。

——將來的夢想是以數學拯救世界。

宙在班上進行自我介紹時，記得他是這麼說的。雖然不知道是不是來自兒童文學的啟發，不過這無疑是宙發自靈魂的聲音。

「我沒有拯救世界的自信。」

宙以沙啞的聲音說。額頭出現苦悶的皺紋。

「但是，我至少想拯救我伸手可及的人。」

「這就是數學屋吧……」

宙環抱的想法，無聲無息輕敲遙的內心。轉學來那天那段自我介紹，豎立在桌子旁邊的旗幟，看起來洋溢自信的言行，原來，全都是遮掩宙痛苦心情的布幕。

宙在差點跌入不安與絕望深淵的狀況下，獨自一人走到現在。

雖說如此……班上眾人聽到他的自我介紹時卻捧腹大笑，斷定他不可能做得到。明明沒有任何人能證明未來，明明沒有任何人有權利嘲笑別人的夢想。

遙在心中對去年的愚蠢自己甩耳光，然後果斷這麼說。

「可以拯救。」

我已經不是那時候的天野遙了。內心沒有半點猶豫。

「宙，你一定可以拯救世界，也可以解開黎曼猜想。」

「這種事……」

「可以拯救。」

遙像是要搶話般這麼說。沒有根據，也沒有邏輯。到頭來，遙或許和嘲笑宙夢想的那些傢伙同類，即使這樣也無妨。將自己的感受，將浮上心頭的話語，原封不動順著聲音傳達給宙。

因為遙決定了。要和宙一起背負不安，背負絕望。

「我知道的。因為你至少拯救了我。那麼即便是整個世界也可以拯救。」

「這種說法一點都不像數學。」

宙露出苦笑說。不知道從哪裡飛來的蜻蜓，無聲經過兩人頭上。宙的雙眼恢復為溼潤石粒般的樸素之美。

「不過，妳知道我可以。」

「嗯，我知道。應該說，我相信你可以。」

「嗯……」

宙按住下顎。吹起一陣強風，落在腳邊的筆記本碎頁沙沙作響。

「既然這樣，我也必須相信才行。」

筆記本的碎頁在天空飛舞。順著捲入樹葉的風，飛得愈來愈高。宙沒以視線追尋書頁的去向，他的雙眼筆直注視著遙。

「今後，我也想和妳一起前進。」

這一瞬間。

兩人周圍的聲音全部消失。不，不只是聲音。風與景色全部失去實體。現在這一刻從過去與未來切割出來，只有他們兩人在其中相互注視。

「我也在想同樣的事。」

「可以嗎？我必須再度前往美國。」

「我知道。」

在只有兩人的這個世界中央，遙這麼說。

「不過，這種道理如今一點都不重要。」

機率。

期望值。

甚至是戀愛不等式。

對於這時候的兩人來說，都不具任何意義。

手與手位於相觸的位置。不知何時，彼此的肩膀輕觸。一股微弱但確實的力量在兩人之間運作，原本覺得無限的距離開始縮短，過程迅速卻又緩慢得令人心急。

遙不發一語，閉上雙眼。

聽得到心跳聲合而為一。

愈是不去注意，愈不知道怎樣才算自然。遙不得已只好看開，快步走在宙的前方。即使想以正面吹來的風冷卻火熱的臉頰，帶著熱氣的風卻沒能如她所願。

宙現在是什麼表情？遙想轉頭看看以及絕對不想轉頭的心情各半。說起來，自己是否露出奇怪表情就是個大問號。走路好幾次差點同手同腳。

到最後，心跳的速度還沒復原，就這麼回到大智的墓前。坐在樹蔭的明日菜察覺兩人之後起身。

「可以了嗎？」

「嗯。抱歉讓妳久等了。」

宙表現得若無其事。遙戰戰兢兢看向他的臉，果然一如往常毫無表情。自己明明臉蛋滾燙得像是隨時會噴火，你居然是這副撲克臉……

明日菜笑咪咪的，遙不經意移開視線。不對，「不經意」是假的，肯定是非常故意吧。即使以餘光觀察，明日菜的表情也沒有變化，不知道她是否察覺了。

直到宙再度站在大智的墓前，遙才終於恢復原本的調調，暫時忘記剛才發生的事。

「大智，我還會來看你。」

宙朝著就在面前的好友說。

「不過，我也不能一直為你服喪。」

宙將手伸向自己的胸口。站在他身後的遙，不知道他在做什麼……不過數秒後就得到答案。

宙猛然脫掉身上的漆黑扣領襯衫。遙頓時臉紅心跳，但是沒什麼好擔心的。從襯衫底下出現的是印著黑白照片的白底上衣。平凡至極的T恤。遙第一次看見宙穿黑色以外的衣服。漫長的服喪終於結束了。

「我要前進，而且一定會拯救這個世界。我會實現夢想，打造一個不再發生這種悲傷事情的世界。所以，希望你為我見證。」

遙與明日菜默默聆聽這番話裡的決心。

大智也確實在另一端聽到了嗎？他會怎麼回答呢？要是我說這種無憑無據的話，宙會覺得我太蠢嗎？不，應該不會吧。

宙之前說過。記得是在教室，聰美問他對算命有什麼看法的那時候。

——即使看起來再怎麼不科學，只要沒被證明，就不能斷言是錯的。

這麼一來，現在肯定也是如此。

沒人能證明幽靈「絕對」不存在。沒人能證明大智「絕對」不在這裡。

既然這樣，那麼試著期待也無妨。

因為數學家都是浪漫主義者。

「啊，對了。」

宙正要朝寺廟門口踏出腳步的時候，遙忽然想起一件事，輕聲一叫。

「翔要我們事情辦完之後聯絡他。」

「翔？」宙停下腳步轉身，歪過腦袋。「怎麼回事？」

「不知道。那個傢伙只會說他想說的事。」

遙噘嘴取出手機，以LINE傳送簡短的訊息。明日菜好像不知道「翔」是誰，就只是默默看著事情進展。

不到一分鐘，翔就打電話過來。遙一接電話，沒聽到半句問候，愛理不理的話語就順著訊號傳來。

「事情辦完了嗎？」

「咦？嗯。我們正準備回去。」

「還不要回去。」

「啊？」

「去湯島吧。加上真希與葵，五個人一起去。」

「咦？怎麼回事？」

「別問這麼多。宙也和妳在一起吧？反正過來吧。」

「現在過去？」

「嗯，沒錯。總之在湯島車站出站的地方會合。」

通話至此結束。遙錯愕看著告知通話結束的畫面。感覺像是路人突然朝她臉上丟雞蛋，還來不及反擊就被扔在原地。

翔果然是翔。好吧，既然你想這樣，我也不客氣了。

「他居然說什麼要我們去湯島。」

「翔嗎？」

「嗯。他說真希與葵也一起。」

遙鼓起單邊臉頰，收起手機。那三個人現在要從東京過來？應該要將近兩小時吧。

「那麼，我會礙事對吧？我先回去了。」

明日菜取下掛在上衣頸部的墨鏡，掛在手指轉動。遙原本想說「妳可以一起來」，但還是打消念頭。既然明日菜這麼識相，現在就接受這份厚意吧。

雖然不知道是什麼緣故，不過，翔要來，而且真希與葵也一起過來。

既然這樣，只有這五人見面是最好的。

因為再怎麼說，這也是相隔約一年之後，數學屋的五人再度齊聚一堂。

「明天我會去機場送你。」

明日菜留下這句話，在中途的車站下車。遙與宙被留在開往東京都心的車內。遙裝作若無其事，看向接連被拋到後方的景色。尷尬的氣氛再度降臨。總覺得連四目相視都不好意思。

都是因為夏天太熱了。遙對自己這麼解釋，取出手帕。不過車內的冷氣讓身體徹底降溫，剩餘的汗水沒多到需要擦拭。遙注視手帕一陣子，然後再度收好。

雖然聽說「東京都的電車是人間煉獄」，不過大概現在是午後不上不下的時段，平時擁擠京王線的車上甚至有零星的空位。因為空調恰到好處而非常舒適的電車內，只有遙與宙之間架設著莫名緊繃的線。不，或許只有遙自己這麼想。

從多磨靈園到湯島，加上轉車時間大約是一小時。

這段期間，遙和宙只有進行「那麼，再來要搭地下鐵吧」這種制式對話。雖然不像剛才嚴重到臉蛋噴火，身體像是蠟燭般快要融化……但她甚至擔心自己的腳是否確實踩穩。

就這樣，快到四點的時候，遙他們終於抵達湯島。從地下鐵車站爬樓梯來到地面，等待已久的高溫隨即迎接兩人。看來東京的炎熱，即使到了接近傍晚的時間也沒有減弱的跡象。遙好想住在地下鐵裡。

站在樓梯出口的翔雙手抱胸，橫濱海灣之星的棒球帽底下是一張不高興的臉。

「你們好慢。」

「這也沒辦法吧，因為很遠。我們可是直接過來的。」

遙抱怨之後環視周圍。許多水泥大樓並排矗立，一旁馬路的車輛絡繹不絕。想到這些都是造成高溫的原因，遙就感到不耐煩。

此時，她看見短髮妹與馬尾妹提著便利商店的袋子從對面走過來。真希是短袖連帽運動上衣加牛仔短褲，葵是及膝的波浪連身裙。兩人的便服都很可愛。「呀呼！遙、宙同學！」真希揮手說。一旁的葵從袋子拿出寶特瓶。

「我們買了茶。要喝嗎？」

「啊，謝了。我快渴死了。」

遙接過葵遞出的兩瓶茶，拿其中一瓶給宙。透心涼的觸感好舒服，遙忍不住將寶特瓶貼在臉頰。宙也以雙手抱著寶特瓶，暫時享受冰涼的感覺。

「所以，這是哪門子的聚會？」

茶水下肚讓身體降溫之後，遙這麼問。真希受驚般睜大眼睛。

「居然這麼問……翔，你沒對遙說嗎？」

「是啊，因為說明很麻煩。」

老實承認的語氣。真希頓時露出像是吞下超苦藥水的表情，然後面露歉意。

「對不起，妳嚇了一跳吧？」

「我確實嚇了一跳……但是真希不用道歉啦。到頭來，為什麼要來湯島？」

「那個……妳知道湯島天神嗎？」

遙原本要點頭，但還是搖了搖頭。感覺好像聽過，又好像沒聽過。

「記得是供奉菅原道真的神社吧？」

宙代為回答，遙嚇得肩頭一顫。想說他沉默了好一陣子，現在卻突然開口，對心臟不太好。

真希笑著點頭。

「嗯，答對了。雖然我也不清楚，不過菅原道真是學問之神。然後我們是考生，加上宙同學剛好回來，我們就熱烈聊到我們數學屋全體成員可以一起去。」

「沒錯沒錯。我們一邊在東京觀光，一邊等妳和宙同學辦完事情。」

葵補充般這麼說。遙輕聲回應「原來如此」，狠狠瞪了翔一眼。這麼重要的事情為什麼不說？

翔看起來毫不愧疚。遙這一瞪，他大概覺得連微風都不如吧。上次在教室的對話，難道是遙自己做的夢嗎？拜託別這樣。

「啊啊，我剛才在那裡買了鯛魚燒。要吃嗎？」

翔打開手上的紙袋。兩條烤成金黃色的香脆鯛魚燒規矩收在紙袋裡。遙嚥了一口口水。這麼說來，她從早餐之後就沒吃任何東西。

遙刻意裝出不太想吃的表情，然後伸出手。

「啊！既然你難得買了，我就收下吧。畢竟宙看起來也很想吃。」

「咦？」

正在喝茶的宙將嘴移開瓶口。遙完全不聽他的意願，將一條鯛魚燒塞給他，自己立刻往另一條咬下去。紅豆餡滲入空空如也的肚子。

宙如同在鑑定古董，從各種角度觀察鯛魚燒。他的動作莫名有趣，另外四人不約而同笑了。

大概是突然注意到飢餓吧。直到剛才強烈感受到的尷尬氣氛，這次真的完全消失無蹤。

眺望湯島車站前方並排的大樓，會懷疑這種地方是否真的有神社。不過行走幾分鐘後，這份質疑也雲消霧散。都市的正中央，突然出現一座群木環繞的神社。五人魚貫穿過鳥居一看，即使在這種炎炎夏日，境內依然人滿為患。牛與狛犬的石像如同迎接五人般坐鎮在內，鴿子與麻雀頻頻啄向地面。

樟樹後方是設置大型香油錢箱，以金色裝飾的氣派參拜殿，所以遙立刻打開錢包，卻在這時候愣住了。感覺錢隨時都會用光。雖然回程的交通費已經儲值在ＩＣ卡……不過明明才八月初就用光零用錢，狀況非常不妙。

今天用掉的部分，不知道事後能不能向媽媽請款。

滿腦子擔心這件事，導致參拜程序也草草了之，遙有點後悔。明明難得來到學問之神的面前，早知道應該拜得認真一點。

帶著猶豫睜開眼睛一看，葵在旁邊一臉正經繼續雙手合十。不知道她到底在許什麼願，會是祈求金榜題名嗎？

遙想知道另外三人在做什麼，環視四周，看見翔搭著宙的肩膀，不知道在親密地說些什麼。真希看著兩人的模樣苦笑。

「喂，宙，來寫繪馬吧！」

「嗯。這點子不錯。」

即使被搭肩，宙看起來也沒特別抗拒。朝著翔所指的方向看去，不鏽鋼的繪馬架掛著大量繪馬，光是這樣就看似一面牆。從有點距離的場所也看得見「合格祈願」或「學業成就」的文字。

繪馬啊……

沒寫過這種東西，感覺也挺有趣的。

「一張收您一千圓！」

「咦……？」

聽到打扮成巫女的大姊姊正經這麼說，遙不禁打開錢包確認了兩次左右。不管怎麼看，錢包裡都剩下一張千圓鈔與少許零錢。現正確實邁向身無分文之路。遙真的差點掉眼淚，買下一張繪馬。

繪馬畫著頭戴巫紗帽的平安時期貴族騎在牛背上的圖。旁邊是「開運」兩個字。雖然不太清楚，不過這個人大概是菅原道真。騎在牛背上的模樣很奇妙，不過看久了就覺得他好像很聰明。希望這張繪馬至少能發揮一千圓分的保佑。遙由衷這麼祈求。

遙他們五人並排在販賣區旁邊的台子前面，各自在繪馬寫下願望。由於投注了高達一千圓的成本，所以大家都很認真。為了方便神明閱讀，細心將文字寫得大大的。

五張繪馬連成一串之後，由宙代表眾人綁上去。響起像是木屐行走的清脆聲響。綁好之後，五人仔細審視他們寫下的願望。

希望第二學期數學評分拿到5

希望能考上第一志願

希望能和男友上同一所高中

希望能考上棒球強校

希望能以數學拯救世界

所有人的願望看過一輪之後，遙以手肘頂向葵。

「葵，你果然要考浩介學長那裡啊。」

「唔，嗯。我會努力。」

葵的耳尖染成桃紅色。真希說「我會為妳加油」爽朗一笑。先前聽聰美說的話語自然掠過遙的腦海。

——他們兩人可能會分手。

遙猶豫到最後沒有多問。不該介入葵與浩介的問題。但是無論如何都要成為葵的支柱。遙下定這個決心。

接著遙輕輕撫摸真希的繪馬。

「咦？真希的第一志願是哪裡？」

「祕密。」

「咦？告訴我啦！」

「給妳提示。是位在藤澤的學校。」

「位在藤澤不是很多間嗎？」

「哎，改天會告訴妳。」

總覺得被她巧妙搪塞了。「改天是哪天？」這句話差點脫口而出，但遙還是吞了回去。真希因為讀書的問題正在和父母對抗，或許至少想把志願學校藏在心裡吧。

遙克制內心疑問的時候，輪到一旁的翔指向宙的繪馬。

「總覺得只有其中一張的等級不一樣。」

「沒那種事喔。人的目標沒有上下之別。」

「聽你這麼說就覺得煞有其事。」

「是嗎？為什麼？」

「意思是你很適合艱深的話語。」

「嗯。這是在稱讚嗎？」

宙眉頭都不動一下，但總覺得他看起來由衷享受這段對話。男生彼此閒聊的時候果然很放鬆吧。

遙一邊思考這種事，一邊試著想像那個連見都沒見過的男生——大智和宙說話的樣子。意見不合，總是起口角的同班同學。和翔完全不同類型，宙的同性好友。

「喂，晴空塔看得很清楚喔。」

和繪馬告別，眾人離開湯島天神境內的時候，翔指著斜上方的天空說。仔細一看，晴空塔確實矗立在遠處，展現了驚人的高度，完全不把周邊建築的大樓看在眼裡。

六百三十四公尺。質因數分解之後是「2×317」。比日本所有建築物都高的這座塔以晴朗的藍天為背景，看起來頗為驕傲。

「宙，從這裡到那裡的距離，算得出來嗎？」
「嗯。只要有方法測量仰角，應該算得出來。」
「是那個嗎？叫做三角函數的玩意對吧？」
「就是這麼回事。」
宙與翔愉快邁步向前。太陽的位置已經很低，躲進大樓的另一側。遙注視著開始帶點灰色的雲，輕聲呢喃。
「總覺得啊，很像校外教學對吧。」
翔與宙轉過身來，並肩行走的真希與葵也看向遙的臉。
「京都的旅行，我沒什麼印象。果然是因為沒有和數學屋的任何人同一組吧。」
遙感慨開口。明明是短短兩個月前的事，前往京都的校外教學卻像是一百年前的照片，各處褪色、破損，連輪廓都變得模糊。
葵與翔本來就和遙不同班。真希雖然同班，不過太受女生歡迎，被迫分在不同組。而且宙當然沒參加校外教學。
遙在校外教學，沒有和這群成員的任何人共度。雖然腦中明白這是在所難免，卻還是覺得寂寞。
「也可以吧？」
遙變得感傷時，翔朝她咧嘴一笑。
「這就當成我們的校外教學吧。」

「說得也是。」

真希也立刻贊同翔。葵笑咪咪沒說話，但她好像也沒特別反對。遙身旁的數學少年面無表情扶正眼鏡。

原來如此。大家的想法都一樣。

那就好好享受吧。享受數學屋第一次也是最後一次的校外教學。

車輛在寬敞的道路絡繹不絕。感覺三十分鐘的交通流量就超過大磯一天的分。附近的東大可能是剛好下課，像是大學生的便服年輕人在人行道摩肩接踵。遙他們走人行穿越道前往另一側的人行道避開人潮。

「咦？好像哪裡怪怪的……」真希漂亮的雙眉稍微揚起。「宙同學居然穿著白色衣服。」

「聽妳這麼說我才發現。是要改變形象嗎？」

「真的耶。白色也很適合你喔。」

接著，翔與葵也紛紛這麼說。確實。遙一直也想這麼說，白色滿適合他的。

「是嗎？」

宙低頭看向自己的衣服。要是他的穿搭品味以此為契機覺醒就有趣了。遙想著這種不重要的事。

後來，真希、翔與葵三人，一邊指著路旁的店家，一邊走在遙與宙的前方。像是以「特大」為賣點的拉麵店，或是櫥窗裝飾得特別時尚的日式甜點店……在陌生的城市，光是走在街上就不缺話題。

在專注於逛街的三人後方，宙開始自言自語。

「也得向其他人說明才行。」

「說明什麼？」

「大智的事。」

「啊啊，確實沒錯。」

大智的事，也就是宙的過去。

光是今天，遙就覺得知道了各種事，這麼一來，自己終於可以和宙真正面對面了。一年三個月。花了好長的時間。繞遠路繞到令人不耐煩。不過，宙願意打開心房了。兩人的路終於連接成一條。

「宙。」

遙停下腳步叫他。正要超前的宙詫異停下腳步。

「我喜歡你。」

夏季的午後，喧囂的東京。只有這一角籠罩著莫名舒服的寂靜。宙臉上的表情是不破壞這股寂靜的溫和笑容。潔白的牙齒美得彷彿天使的翅膀。

「謝謝。我也喜歡妳。」

解答四

只要一天就好

無數的人交相往來。有人以非常熟練的腳步毫不猶豫前進。也有人期待接下來的旅程而露出笑容。大多數人好像都已經辦好行李托運變得一身輕。

明日菜坐在沙發，注視熙熙攘攘的人潮。成田機場。離去的人與歸來的人聚集的場所。但是明日菜不屬於這兩者。她不去任何地方，也去不了任何地方。

她在喧囂的正中央，獨自回想起守夜的那一天。

那一天──在守夜會場看見什麼？聽到什麼？見過誰？明日菜記憶模糊。酒駕司機闖紅燈，大智運氣不好被撞上。再也看不見大智的笑容了。她只勉強記得這兩件事。

不，正確來說是三件事。明日菜也察覺自己沒看見宙位於守夜會場。

雖然完全不記得是誰告知的，但總之有人說他看見宙在國中校園裡。並不是特別想見宙。只是覺得如果靜靜不動，可能會被張嘴從後方逼近的現實咬死，所以明日菜沒多想，就只是朝著學校前進。

沉入黑夜的校地，看起來和白天是不同的建築物。校門已經關閉，所以明日菜從靠近後門的圍欄縫隙踏入校區。

操場一角，看得見細瘦的人影。

──宙，原來你在這裡。

明日菜朝著陰暗的操場說。直到剛才都在夜空綻放光輝的滿月，躲到古靈精怪的雲層後方。從雲隙間稍微探頭的繁星閃閃爍爍，令人難以心安。

黑暗之中，宙背著這裡弓著身體。他只在瞬間轉頭，然後再度面向地面。

喀哩喀哩喀哩。

宙手上拿的大概是木棒。看起來像是正在地面寫字，但是無論如何，現在燈已經全關了，輪廓像是溶入黑暗般模糊不清，所以明日菜走到操場外緣。

她定睛注視寫在宙腳邊的算式。

$$A_1 + A_2 + A_3 + A_4 + A_5 + A_6 + A_7 + A_8 + A_9 + A_{10} + A_{11} + A_{12} + A_{13} + A_{14} + A_{15} + A_{16} + A_{17} + A_{18} + A_{19} + A_{20} + A_{21} + A_{22} + A_{23} + A_{24} + A_{25} + A_{26} + A_{27} + A_{28} + A_{29} + A_{30} + A_{31} + A_{32} + A_{33} + A_{34} + A_{35} +$$

——這是什麼？

看著像是念珠連成一長串的算式，明日菜感到納悶。

——平常不是都會寫成『$A_1 + A_2 + A_3 + \cdots\cdots$』省略後面嗎？為什麼今天寫這麼長？

嗯。為什麼呢？

宙停手稍微思考。即使在黑暗中，也看得出他的側臉露出疲態。

——我想，這肯定是我不想解完的問題。

宙置身事外般這麼說。剛好在這個時候，雲在晚風吹拂下飄動，月亮在上空露臉。明明只是稍微變亮，但因為眼睛剛才完全習慣黑暗，所以覺得彷彿覆蓋地表的遮光布從邊角逐漸剝除。

明日菜眺望寬敞的操場，嚇了一跳。

放眼望去，視野盡是削土寫下的算式。為數驚人的數字、符號與英文字母縱橫無盡地馳騁，大約占了半個操場大。

簡直像是納斯卡的地面圖形。

或者是黑魔法之類的儀式場所。

而且在操場一角，宙沒停手繼續加寫算式。他目不轉睛看著地面開口。

——很晚了，妳還是回家吧。

沒關係，我要在這裡。要在這裡看。

明日菜坐在操場與水泥地的交界。隔著制服裙子傳來冰涼的感覺。這股涼意現在惹人疼惜。不會從體內消失的這股熱度——三十六度出頭的體溫，她想要盡量冷卻下來。

明日菜坐好之後，宙再度埋首於書寫算式的程序。不知道何時才會終結的長串英文字母，逐漸削減操場的空白部分。

喀哩喀哩喀哩，刨挖地面的聲音就這樣持續好一陣子……在月亮再度躲到雲後的時候，宙忽然停下手。

——就覺得老是寫歪……

他以手上的木棒，將眼鏡向上推正。

——原來這副眼鏡不是我的。

大智的肩背包裡，除了《冒險者們：拚三郎與十五個勇士朋友》，還有淒慘損毀的眼鏡盒與宙的眼鏡。大概是先前交換戴著玩，就這麼忘記歸還了吧。明日菜想了很多，但是最後終究還是沒問宙任何問題。

無論是什麼緣故，大智的眼鏡遺留在宙手上了。即使尺寸不合，宙也從那天一直使用大智的眼鏡至今。大概即使老舊到再也不能用，他也絕對不會丟棄吧。

那天，宙戴著大智的眼鏡，在操場寫滿算式。

後來聽宙說，當時他要解開的是關於「生命定理」的問題。大智留下的意志，由宙與明日菜繼承，在無限的時間裡逐漸膨脹。宙想以那些算式表現這件事……的樣子。

好像笨蛋。既然無限持續，那麼無論是「A_{10000}」或是「A_{100000}」，即使寫出極大的數字，接下來再怎麼寫也還是寫不完，宙明明早就知道這一點。到最後，宙一直寫到天亮，被老師發現之後訓了一頓。

宙真的好笨。

而且……

明日菜知道，自己也和宙一樣笨。

明日菜嘆了口氣。小小的聲音消失在機場的嘈雜空氣。

到最後，我還是沒看《清秀佳人》。明明大智難得推薦我這本書。即使現在開始看，也沒辦法對他說感想了。我那個時候為什麼沒看？真的好笨。

後悔的心情揪住胸口，就只是痛苦煎熬。

……欸，大智。

如果……如果你現在在天堂，只有一天就好，希望你來見我。

到時候，我不會再害羞或是逞強。

好想盡情抱住你，說我好喜歡你。

然後，再度一起走在放學的路上，手牽手，繞點遠路再回家吧。

也去一趟圖書館，借閱你喜歡的書吧。你推薦什麼書，也要告訴我喔。

我會好好看著你選書時的側臉。

你是否會說「不就和平常一樣嗎」，並且對著我笑？

嗯，這樣就好。

因為我只是希望，這樣的「往常」可以重新來過。

……欸，大智。

只要一天就好，不行嗎？

不然的話，我可能無法重新振作。或許一輩子都辦不到。

因為，這也難免吧？

因為我甚至沒向你道別。

你明明依然是十三歲，我卻已經十五歲了。

比起和你共度的時間，和你分開之後的時間更長了。

我們的距離，會像這樣愈來愈遠嗎？

我不太喜歡年紀比我小的男生。

「……可以嗎？」

不知何時，明日菜以沙啞的聲音無力低語。

「我可以……永遠當你的女友嗎……」

「我覺得這樣也可以喔。」

忽然間，頭上傳來聲音，明日菜抬起頭。戴著那個人眼鏡的男生，站在一旁低頭看著她。

真是的，從什麼時候站在那裡的？居然偷聽別人自言自語！好惡劣的嗜好。

雖然在內心抱怨，明日菜依然一如往常掛著笑咪咪的表情。

即使如此……

「啊啊，抱歉。壞了妳的心情嗎？」

宙像是看透明日菜的內心般道歉。明日菜感到意外時，他單手扶正眼鏡。

「不過，希望妳至少讓我這麼說。我這輩子會永遠自稱是他的好友。所以妳肯定也可以永遠自稱是大智的女友。不容許任何人有意見。」

「……謝謝。」

明日菜道謝之後站起來。明明是來送行，卻反而是自己被鼓勵。真尷尬。

「可是這樣的話，我一輩子都不能結婚了。」

「不一定喔。一邊愛他，一邊愛上其他男性的方法，或許還是找得到。」

相對於半開玩笑的明日菜，宙始終是一臉正經。毫不害臊地說出害臊的事。明日菜認為這是一種天分。同時，封閉在黑暗的心射入些許光線。像是即將雨後天晴的感覺。

「沒有人可以預料未來。現在就擔心也沒用。」

「這樣不會太奸詐嗎？這是劈腿耶？」

「嗯。會是這樣嗎？」

宙稍微皺眉，按住下顎。看來他在認真思考這個問題。這麼欠缺常識，遙應該也很辛苦吧。明日菜有點同情。

「好啦，時間到了。」

宙看向手錶，然後這麼說。要出發了嗎……明日菜視線移向宙的身後，看得見宙的父母在安檢門前等待。

前往美國。

離開熟悉的母國是多麼痛苦的事，明日菜甚至無從想像。同樣的，明日菜的悲傷也只有明日菜自己一個人明白。

只能自己面對，自己接受。沒有其他的可行之道。

不過，像這樣獨自對抗，差點被壓垮的時候，要是有人能相互扶持，這個人肯定很幸福吧。

「我還會回來的。回到日本。」

「嗯。再見。」

明日菜回應之後，宙轉過身去，朝著他自己的戰場踏出腳步。

然後……

在經過安檢門之前，宙只再度轉身一次。明日菜朝著男友的好友——現在也是她好友的這個男生用力揮手。

一道淚水奪眶而出，滑過臉頰。

至今為止隨時準備滴落的淚水，終於流下，帶著些許暖意。

大智。

謝謝你願意和我相識。

謝謝你讓我認識宙。

我永遠永遠喜歡你。

問題五

試以數學拯救世界

To宙：

呀呼，宙！
過得好嗎？
老是寄電子郵件感覺沒什麼意思，所以我試著寫了信。
或許有點長，不過要看完喔☆

這邊每天都好熱，感覺快乾掉了⋯⋯
波士頓很熱嗎？？？
感覺城市裡都是水泥建築，應該很熱吧（偏見）。
我們還是老樣子喔！
真希、葵、翔還有我，大家都上了不同的高中，但現在還是偶爾會一起學數學。
今天也在咖啡廳念書喔！
不過念到一半就開始玩了⋯⋯
高中的數學好難。
如果沒有好好預習複習，就跟不上進度了。
不過不過，我第一學期拿了八分！
啊，滿分是十分。

我自認很努力了，所以你可以誇獎我也沒問題喔☆

總之，雖說課業很難，不過比起真希他們還算好吧！

你想想，她那裡是升學學校。

所以作業也很多，好像很辛苦。

不過真希本人說「這是我自願報考的學校，所以不會說喪氣話」。

不知道會不會又燒壞腦袋，有點擔心……

對了對了，我應該說過葵與浩介學長分手了？

不過上次問葵，她說「可能會復合」。

好像是浩介學長道歉了。

會怎麼進展呢？

請期待後續報導！

翔說，上次的練習賽對上他哥哥的學校。

最後好像輸掉了，不過翔從哥哥手中打出安打。

他說「下次要打全壘打」。

兄弟對決，聽起來很熱血吧？

那個，秀一與聰美，最近我都沒見到他們。

秀一好像在畢業典禮表白了，但是不知道後來怎麼樣。

要問問看真希嗎……
因為她和秀一上同一所高中。
不過，如果不順利的話會捨不得，還是別問好了（笑）。

這邊的狀況，大概是這種感覺！
你的近況也要讓我知道喔！
像是之前提到的超級大胃王朋友（笑）。
我也還想聽你說最近學校的事。
啊，太艱深的話題就不用了。

對了對了，黎曼猜想的新聞，你聽說了嗎？
英國的……忘記叫什麼名字，一位知名學者的那件事。
他的論文有錯誤的地方。
總覺得鬆了一口氣（笑）。
因為，解開那個問題的人非你莫屬！
不過要是我這麼說，你可能又會說「這也不一定」。
感覺老是說得沒頭沒尾，對不起！

偶爾會這樣，請見諒☆
上次見面至今大約一年了，好想再見你一面。
下次回國沒那麼快嗎？

改天再用Skype之類的聊天吧！
等你回信！

From遙

宙接著又重新看了這封信兩次，然後像是當成古書般仔細摺好，慢慢收進信封。看向桌子角落的時鐘，指針正要走到零點。周圍寧靜得像是全世界都進入夢鄉……不過日本現在應該是下午最炎熱的時段吧。

上次收到遙寫的信，大概是國二秋天的事。大概因為內文比電子郵件長得多，所以總覺得看起來有聲有色。

英國數學家的那則新聞，宙當然也在電視上看過。雖然一度報導「黎曼猜想已經證明成功」，但是在審查論文的階段發現錯誤。宙也看過論文，距離理解卻還差得遠。

遙說她看到那則新聞之後，鬆了一口氣。

那我呢？

沒錯，如果把話說得漂亮一點……即使是自己以外的某人證明成功，也依然是值得祝福的事。但在環視內心各處的時候，也確實產生另一種情感。

你就繼續等待吧。

等我過去。等我取得相應的武器挑戰你。你就不被其他任何人討伐，威風凜凜坐鎮在數學的最深處吧。

察覺到這份心情，宙嚇了一跳。原來自己也不免俗地懷抱著野心。

宙獨自坐在自己房間的椅子笑了。桌子一角的相框玻璃反射日光燈。這是一年前，數學屋臨時開張那一天——趕過來的眾人合拍的照片。宙被擠在大約二十名國中生的正中間。遙在幾乎和他肩膀相觸的位置露出笑容。這是宙最喜歡的照片。在那之後已經過了一年之久。

好啦。

既然收到信，就必須寫回信。宙從書桌抽屜一次取出數張信紙。

好久沒寫信了。雖說遙要求寫「近況」，但宙沒能立刻想到要寫什麼。

遙寫到的「超級大胃王朋友」，是在這裡結識成為好朋友的美國人。體重是宙的兩倍以上，食量大約是宙的五倍。確實光看就令人深感興趣，卻也不是特別值得一提的新鮮事。不管吃多還是吃少，人類都會進食，這種習慣不會驟然改變。這個朋友一如往常吃得很多，宙也一如往常只吃他五分之一左右的量。不是必須寫信告知的事情。

宙的周遭環境也是，上次以Skype和遙通訊至今，沒什麼太大變化。在高中求學，有時候去父親大學旁聽課程。

而且，父親與母親的感情還是一樣很差。當然沒道理在信裡寫這種事，刻意讓遙心情消沉。

宙轉動手中的鉛筆。

面對世界的問題之前，我得先解決家庭的問題。

遲遲寫不下去的鉛筆，宙暫時放在桌上。身體向後靠在椅背時，注意到放在一旁的筆記型電腦。

「……糟糕。」宙輕聲說完起身。「我又忘記檢查郵件了。」

這次究竟是第幾次，宙已經不記得了。過於專注用功，就會不小心疏於開啟筆電。

雖然告訴別人也大多不被理解，不過研讀數學的時候，不能以三十分鐘或一小時這種單位做區隔。為了解開一個問題，甚至可能持續苦思數天到數週。這段期間無論是在上課、吃飯甚至睡覺，都在面對這個問題。身體位於這裡，心卻出門進行長期旅行。要是心想「等到用功到一個段落再檢視電子郵件」，收件匣大概已經有黴菌在繁殖了吧。

雖然自認已經盡量注意這一點……

「又閒置五天左右了。」

宙將筆記型電腦開機，打開收件匣。正如預料，累積了許多未讀郵件。大部分是美國朋友寄來的。內容都沒什麼大不了，甚至覺得不必回信。在學校碰面的時候再口頭道歉就好吧。

不過，其中混入一封明顯不同的郵件。整排英文郵件之中，唯一的日文郵件。是明日菜寄來的。以滑鼠點選之後，出現短短只有一行的內文。

這時候必須說「為了隨時都見得到妳」才對吧？

「嗯，是這樣嗎？」

宙在寧靜之中獨自呢喃。每次找明日菜談事情，都會獲得有益的回應。宙曾對遙說「將來預定回日本做研究」。雖然是Skype通訊，不過遙的喜悅確實以聲音傳達過來。只是在宙補充說明「外語效應」之後，突然壞了遙的心情。

「外語效應」是心理學的用語，意思是說外語的時候，思考能力會比說母語的時候差。換句話說，宙若要充分活用思考能力，待在日本比美國好——

這是確定的事實。雖然這麼說，但遙想聽的不是這種話。

「唔……失敗了……」

不只這次，除此之外也犯下許多失敗。

曾經忘記回覆電子郵件，也曾經無意說出傷人的話語。回想起來，在兩年前收到的「y=[x]」應該要「對答案」，他也因為害羞所以沒這麼做。

自己的行動，和一般男朋友會做的行動相差甚遠。宙明白這一點。遙大概懷抱相當程度的不滿吧。

「唔唔……」宙發出煩惱的聲音，靠在椅背，順勢注意到桌上書架的一本文庫本。在數學書籍之中大放異彩的唯一小說。雖然像是「醜小鴨」一樣顯眼，但書名不是鴨也不是天鵝，是《雁》。

森鷗外的作品。昔日大智推薦給宙的書。宙去年從日本出發之前買下，所以現在手邊有這本書。

是一名男性對心上人什麼都不說，就啟程前往海外留學的故事。

大智或許早就知道了。知道我應該會犯下和書中男性相同的錯誤。會因為過於熱中做學問，忽略自己重視的人。

如果是這樣，代表我從那時候開始，就完全沒成長吧。

宙閉上雙眼，搖了搖頭。即使如此，還是甩不掉後續一波波湧現的討厭想法。

說不定，我和父親沒什麼兩樣。

宙在內心厭惡低語。

過於專注研究數學，完全沒關心自己真正重要的事物。即使不像父親會對重要的人破口大罵……但是現在內心的這道縫隙，要是隨著時間愈來愈大……

「你這個窩囊小子，有什麼好猶豫的？」

忽然間，背後傳來這個聲音，宙嚇一跳轉過身去。自己的房間當然沒任何人。不，別說自己房間，整個家靜悄悄的。父親與母親肯定都已經睡了。

是我多心嗎？

宙下意識朝眼鏡伸手。雖然小心翼翼使用至今，卻差不多開始變舊的大智眼鏡。每次向上輕推扶正，就讓宙想起自己並非孤單一人。

是大智。

如果要來找我，先去明日菜同學那裡吧。然後也去見父母一面。我排在後面就好，排在第三順位就好。

嗯，我不要緊的。

因為，我擁有好多好多你留給我的東西。

在內心輕盈搖晃，像是快要消失的火焰，再度增強。

我和《雁》登場的那個男人不一樣。我已經好好將心意傳達給遙，下定決心會永遠愛她。

宙伸出手，試著打開一道窗縫。夜空的月亮將金色光芒灑在波士頓的大地。

現在日本看不見那個月亮。不過，肯定和遙昨天看見的是同一個月亮。而且月亮高掛的天空，一直連結到遙遠的日本。

好一段時間，宙心不在焉仰望天空。

「有什麼好猶豫的」，是嗎……

確實，我們現在沒空做這種事。地球現在也繼續以一千七百公里左右的時速自轉。「今天」以一千七百公里的時速逝去，「明天」以一千七百公里的時速前來。應該跨越的障礙也以相同的氣勢衝過來。

道路的前方，困難正張開雙手等待。恐怕也有無數的辛勞隱藏身形，尚未進入視野範圍吧。或許也有人會說無法克服難關。或許也有人嘲笑說絕對辦不到。

不過，未來的事情沒有任何人知道。不知道是否做得到。

未來必須親自體驗，改變現在，否則無從知曉。

「我要證明。」

宙注視在雲層之間綻放光芒的月亮低語。雖然只是自言自語，但聲音溶入空氣，成為漣漪無限擴散。

「今後，將由我證明。」

朝著自己的心，朝著世界，也朝著所有的數學難題。

宙平心靜氣如此斷言。

日本暢銷小說 99
拜託了！數學先生 3
畢業前夕的戀愛不等式
お任せ！数学屋さん 3

國家圖書館出版品預行編目資料

拜託了！數學先生 3：畢業前夕的戀愛不等式／向井湘吾著；張鈞堯譯. -- 初版. -- 臺北市：麥田出版：家庭傳媒城邦分公司發行, 2021.10
面； 公分. --（日本暢銷小說；99）
譯自：お任せ！数学屋さん 3
ISBN 978-626-310-078-7（平裝）

861.57　　　110011791

城邦讀書花園
www.cite.com.tw

ISBN 978-626-310-078-7
Printed in Taiwan.
本書若有缺頁、破損、裝訂錯誤，請寄回更換。

作者｜向井湘吾
譯者｜張鈞堯
封面設計｜GladeeC
校對｜沈如瑩
責任編輯｜徐　凡

國際版權｜吳玲緯
行銷｜何維民　吳宇軒　陳欣岑　林欣平
業務｜李再星　陳紫晴　陳美燕　葉晉源
副總編輯｜巫維珍
編輯總監｜劉麗真
總經理｜陳逸瑛
發行人｜凃玉雲
出版｜麥田出版
10483台北市民生東路二段141號5樓
電話：(02) 2500-7696
傳真：(02) 2500-1967
部落格：http://ryefield.pixnet.net
發行｜英屬蓋曼群島商家庭傳媒股份有限公司
城邦分公司
地址：10483台北市民生東路二段141號11樓
網址：http://www.cite.com.tw
客服專線：(02) 2500-7718｜2500-7719
24小時傳真專線：(02) 2500-1990｜2500-1991
服務時間：週一至週五 09:30-12:00｜13:30-17:00
劃撥帳號：19863813　戶名：書虫股份有限公司
讀者服務信箱：service@readingclub.com.tw
香港發行所｜城邦（香港）出版集團有限公司
地址：香港灣仔駱克道193號東超商業中心1樓
電話：+852-2508-6231
傳真：+852-2578-9337
馬新發行所｜城邦（馬新）出版集團
【Cite (M) Sdn. Bhd.】
地址：41-3, Jalan Radin Anum, Bandar Baru Sri Petaling, 57000 Kuala Lumpur, Malaysia.
電話：+603-9056-3833
傳真：+603-9057-6622
讀者服務信箱：services@cite.my

印刷｜中原造像股份有限公司
初版｜2021年10月
定價｜330元